嘘つき皇后様は波乱の始まり

淡　湊世花

B's-LOG BUNKO
ビーズログ文庫

イラスト／りゆま加奈

Contents

• Usotsuki Kougousama ha Haran no hajimari. •

コチュン
お団子頭がトレードマークの
新米女中。
手先が器用で縫い物が得意。
ニジェナ？
ユープー国から
嫁いできた皇后様。
その正体は――男!?
嘘つき皇后様は波乱の始まり
Usotsuki Kougousama ha
Haran no hajimari.

Character

トゥルム

バンサ国の若き皇帝。ニジェナの正体を知りつつ政略結婚をする。

トギ

コチュンの幼馴染みでよき兄貴分。馬車の御者の仕事をしている。

ガンディク

トゥルムの父親でバンサ国上皇。ユープーとの同盟に強い反発を示す。

エルス

トゥルムの弟。病弱。

ムイ

コチュンの同僚。気弱でトラブルを巻き起こす。

リタ

コチュンの先輩。父親の権力を笠に着る傲慢な性格。

サザ

上皇の近衛兵。

序章 波乱の始まり

　コチュンは、王宮勤めを始めたばかりの新米女中である。歳《とし》は十四。生まれは地方の貧《びん》乏《ぼう》農家で、早くに両親を亡《な》くしている。恋《こい》もまだなら、一目惚《ひとめぼ》れもなし。まして異性の裸《はだか》なんて、ほとんど見たことがない。

　それなのに、思いがけずコチュンは裸の男と向き合っていた。柔《やわ》らかい湯けむりに目を凝《こ》らせば、得体の知れない何かが、均整のとれた身体《からだ》にぶら下がっている。

「ぎっ、ぎゃあああああっ！」

　驚《おどろ》きのあまり、コチュンは大理石の床《ゆか》で足を滑《すべ》らせた。こんなことになるとは想像してもいなかった。なぜなら、コチュンがいるこの場所は、皇后陛下《こうごうへいか》の浴室なのだから。


　すべては、時をさかのぼること一刻前。女中仲間のムイが、コチュンに泣きついてきたことに始まる。

「どうしようコチュン、裁縫《さいほう》道具を片付けていたら、針が一本足りなかったの！」

コチュンは、親友の血の気の引いた顔を見あげた。ムイは同じ時期に働き始めた女中仲間で、背が高く大人びた子だ。対するコチュンは、痩《や》せっぽちのちびだし、髪《かみ》を二つのお団子に結《ゆ》っていて、ムイとは正反対の冴《さ》えない印象だ。黄色い女中服だって、ムイのほうが似合っている。だけど、仕事で騒《さわ》ぎを起こすのは、いつもムイと決まっていた。

「ムイは大袈裟《おおげさ》だよ。針が一本なくなったって困らないじゃない」

コチュンは雑巾《ぞうきん》を絞《しぼ》りながらそっけなく答えた。自分たちのような下《した》っ端《ぱ》の女中は、掃《そう》除《じ》道具を荷車に載《の》せて、引《ひ》っ越《こ》し業者みたいに王宮中を掃除して回るのが仕事だ。針の一本ぐらいで慌《あわ》てる余裕《よゆう》などないのである。

当然、ムイもそのことはわかっているはず。それなのに、コチュンの雑巾を取りあげてまでも、ムイには騒がなければならない事情があった。

「どんなに探してもどこにも落ちてなかったのよ！　きっと、皇后様の化粧着《けしょうぎ》を仕立て直していたときに、刺《さ》しっぱなしにしちゃったんだわ！」

切羽詰《せっぱつ》まった様子のムイに、ようやくコチュンも失《な》くし物の重大さに気がついた。

「それ本当なの？」

「もうそれしか考えられないよ！」

いよいよムイは泣《な》き崩《くず》れてしまった。よりにもよって〝あの〟皇后様の化粧着とは。コチュンの顔も青ざめ、もはや掃除どころではなくなってしまった。

先月、バンサ国の若き皇帝《こうてい》トゥルム様に、海を隔《へだ》てたユープー国から姫君《ひめぎみ》が嫁《とつ》いできた。それが、新皇后のニジェナ様だ。

ニジェナ様は、ユープー国王の妹君であられる。トゥルム様との結婚《けっこん》は、両国の外交に重大な影響《えいきょう》を与《あた》えている。もし、ニジェナ様のお身体に傷をつけてしまったら、ユープー国が激怒《げきど》して攻《せ》め入《い》ってくるかもしれない。ムイは最悪の事態を想像しておののいた。

「そんなことになったらどうしよう、わたし絶対に解雇《かいこ》されちゃうわ！」

解雇で済めばまだいいほうだ。刑罰《けいばつ》を受けてもおかしくない。そんな予感がコチュンの脳裏《のうり》にちらついたが、むせび泣くムイには言い出せなかった。もし言葉にしたら、悲嘆《ひたん》にくれるムイが勢いで窓から飛び降りかねない。かといって、このままにもできない。

そのとき、コチュンはハッと閃《ひらめ》いた。

「なら、皇后様が化粧着を着る前に、針を抜《ぬ》いちゃえば良いよ」

「どうやって？」

「化粧着って湯あみのあとに着るでしょ。仕立て直した化粧着も、お風呂場《ふろば》に運ばれてるはずだよ。今はまだ日が高いし、皇后様が湯あみをするまでもう少し時間がある。それまでに、化粧着を持ち出すの」

「そんなことできる？　わたしたちみたいな下っ端の女中は、皇帝夫妻の宮殿《きゅうでん》に入れないんだよ」

ムイは不安を口にした。皇帝夫妻が居住するのは、蓮華《れんげ》の宮《みや》と呼ばれる小さな宮殿だ。王宮と市街地を隔てる湖の畔《ほとり》に建っていて、王宮から橋を一本渡《わた》ればすぐに着いてしまう。だが、宮殿の警備は王宮より厳重で、新米女中たちが気軽に訪れてもいい場所ではない。

「大丈夫《だいじょうぶ》、悪いことをするわけじゃないんだから」

コチュンは掃除道具を物置に片付けると、洗濯場《せんたくば》に向かった。そこで働いている女中に話をつけ、一番上等な窓かけの布を受け取った。それを供物《くもつ》のように恭《うやうや》しく手に持つと、堂々と蓮華の宮に向かって歩き出したのだ。

コチュンはちびで痩せっぽちな少女である。ムイはおどおどしていて、いかにも弱そうな雰囲気《ふんいき》だ。そんな二人が蓮華の宮に向かって歩いていても、見張りの衛兵たちには、下働きの女中が先輩に命令されて仕立て直した衣類を届けに来たようにしか見えないだろう。

コチュンの読み通り、衛兵たちはコチュンたちを見逃《みのが》してくれた。

「コチュン、あれを見て」

落ち着きなく周囲を見回していたムイが、緊迫《きんぱく》した声でコチュンを呼び止めた。風呂場らしきところの換気窓《かんきまど》から、湯気が立ちのぼっていたのだ。コチュンが予想したより、皇后は早い時間に湯あみをするらしい。このままでは手遅《ておく》れになってしまう。

コチュンは覚悟《かくご》を決めると、靴《くつ》を脱《ぬ》ぎながらムイに言った。

「ムイ、手を貸して。あの窓から中に入れると思う」

ムイは一瞬《いっしゅん》迷った顔をしたが、コチュンがさらに強く促《うなが》すと、覚悟を決めて頷《うなず》いた。

ムイの手を借りて、コチュンは難なく換気窓に手をかけることができた。だが、ムイには壁《かべ》をよじのぼるなんてできないし、小柄《こがら》なコチュンと違《ちが》って、窓から中に入ることもできない。そうこうしているうちに、見張りの衛兵に見つかりそうになってしまった。

「ムイは先に戻《もど》ってて」

「ごめんね、コチュン。気をつけて」

コチュンは答える代わりに笑顔《えがお》を見せて、窓の隙間《すきま》をするりと潜《くぐ》り抜けた。

コチュンが降り立ったのは脱衣所《だついじょ》だった。大理石の床は冷たくて、人の気配はない。だが、垂れ幕で仕切られた風呂場からは、湯の流れる音がする。コチュンは息を殺してあたりを見渡《みわた》し、壁の棚《たな》に化粧着があるのを見つけた。

音を立てずに脱衣所を横切ると、あっけなく化粧着を手にすることができた。しかし、指先にチクリとした痛みが走り、コチュンは身体を硬くした。化粧着を探《さぐ》ってみると、ムイの案じた通り仕立て用のまち針が引っかかっている。コチュンはまち針を抜き、自分の女中服の外側に刺した。

これでもう安心。あとは、一刻も早くここから出るだけだ。コチュンは入ってきたときと同じ手口で外に出ようと、窓まで戻ろうとした。ところが、そのときだ。

「トゥルム、そこにいるのか？」

ほのかに低くて落ち着いた声と同時に、風呂場と脱衣所を隔てた垂れ幕が開かれた。コチュンが身を潜《ひそ》める暇《ひま》もなく、充満《じゅうまん》した湯気のなかから、新皇后のニジェナ様が脱衣所に出てきてしまったのだ。コチュンは息を止めて、絶世の美女と称えられる皇后の顔を見た。その瞬間《しゅんかん》、ニジェナ様の美しい顔がギョッと引きつった。

「お前、こんなところで何をしている？」

コチュンは大慌《おおあわ》てでひれ伏《ふ》した。

「ご、ご無礼をお許しください、これには訳がありまして……」

コチュンは、事のあらましを説明しようと、ニジェナ様を仰《あお》ぎ見《み》た。

「……!?」

その目線の先に、あってはならないものが飛び込んできた。絶世の美女で、この国の新皇后で、トゥルム皇帝陛下の妻であるニジェナ様のお身体に、なぜか男の一物がぶら下がっているのだ。

「ぎっ、ぎゃあああああ！」

コチュンは盛大《せいだい》に叫《さけ》んで仰《の》け反《ぞ》り、足を滑らせて大理石の床に頭を打ちつけてしまった。

第一章 ● 新米女中と嘘つき皇后

皇帝《こうてい》夫妻がご成婚《せいこん》された日。トゥルム皇帝は、バンサ皇室の紋章《もんしょう》が入った髪飾《かみかざ》りをニジェナ姫《ひめ》に手渡《てわた》した。髪飾りを贈《おく》るのは、バンサ国の伝統的な婚礼《こんれい》の儀式《ぎしき》だ。ニジェナ姫が髪飾りを身に着けた瞬間《しゅんかん》、バンサ国民は花びらを降らせて、二人の結婚《けっこん》を祝福した。

このときコチュンは、少し離《はな》れた仕事場から二人の式典の模様を眺《なが》めていた。人々は浮《う》かれてお祭《まつ》り騒《さわ》ぎをしているのに、ニジェナ姫は笑っていない。彼女の輿入《こしい》れは、両国の同盟を結ぶための政略結婚。その実態は、ユープー国に謀反《むほん》を起こさせないための人質《ひとじち》も同然で、祖国の家来も連れてこられず、彼女はたった一人で異国の皇室に入ったのだ。

コチュンは、独り毅然《きぜん》と振《ふ》る舞《ま》うニジェナ姫に、もの悲しさを感じて同情した。それでも、外交の問題は自分には関係ないと考え、その気持ちをどこか頭の隅《すみ》に追いやっていた。

それが、まさかこんなことになるなんて。

コチュンは脱衣所《だついじょ》で転んだ拍子《ひょうし》に気を失い、気づいたら手足を縛《しば》られ、風呂場《ふろば》の床《ゆか》に座らされていた。しかも目の前に、ニジェナ皇后が美しい顔を修羅《しゅら》のようにして立っているのだ。

「お前、わたしの風呂場で何をしていた」

ニジェナが、どすの利《き》いた声でコチュンを問いただした。

「包《つつ》み隠《かく》さず言わなければ、この場で殺す」

「し、仕立て直した化粧着《けしょうぎ》に、針を刺《さ》しっぱなしにした女中がいたので。ニジェナ様がお怪我《けが》をする前に、針を抜《ぬ》きに来たんです」

「そんなの伝令で済ませろ。バンサ国の女中が、これほど無作法とは思わなかったぞ！」

「大変、申し訳ありませんっ」

コチュンは頭を下げて謝るしかない。すると、ため息と一緒《いっしょ》にニジェナが命令した。

「ったく、謝って済む問題かよ。とりあえず頭をあげろ」

予想外の荒《あら》っぽい言いかたに、コチュンは戸惑《とまど》いながら頭をあげた。すると、スラリとした身体《からだ》に褐色《かっしょく》の肌《はだ》が目に飛び込んできた。湯あみをしたばかりのため、ニジェナの黄《こ》金色《がねいろ》の髪《かみ》はまだ濡《ぬ》れている。そのすべてが恐《おそ》ろしいほど妖艶《ようえん》だった。

しかし、絹の化粧着から引きしまった胸筋が覗《のぞ》き、組んだ腕《うで》は血管が浮き出てごつごつしている。美女の身体というよりは、まるで……。

コチュンが茫然《ぼうぜん》としていると、ニジェナが低い声で尋《たず》ねた。

「お前、おれの身体を見たな？」

コチュンは、湯けむりの中に見たニジェナの裸《はだか》を思い出し、弾《はじ》かれたように声をあげた。

「あっ、あの、えっと……」

「言いたいことがあるなら、言ってみろ」

ニジェナが威圧的《いあってき》に凄《すご》んできたので、コチュンは生唾《なまつば》を飲み込んで口を開いた。

「ニッ、ニジェナ様は、お、お、おとこ、なんですか⁉」

「そう、おれは男だ」

「えええええっ⁉」

コチュンは混乱しすぎて、もう一度気絶しそうになった。ところが、ニジェナの大きな手のひらに口を押さえられ、コチュンはギョッと目を見開いた。

「おい、声を出すな、外にいる連中に知られたらまずい」

ニジェナはコチュンを睨《にら》みつけたが、コチュンは大きな手を押し返して尋ねた。

「それって、みんなに嘘をついているということですか？」

「そうじゃなきゃ、皇后なんてやってられないだろ」

ニジェナがそっけなく答えたので、コチュンは驚《おどろ》きのあまり絶句してしまった。

そのとき、風呂場の外から、扉《とびら》を叩《たた》く音がした。

「ニジェナ、騒がしいようだが、何かあったのか？」

声と同時に、黒髪《くろかみ》の男が風呂場に入ってきた。がっしりした体軀《たいく》に、端正《たんせい》な顔立ち。コチュンはその顔を見て飛びあがった。

「トゥ、トゥルム皇帝陛下⁉」

目の前に現れたのは、バンサ国の皇帝トゥルムだったのだ。声をあげたコチュンに、トゥルムも目を丸くして驚いた。

「こいつは誰《だれ》だ。なんでこんなところにいる？」

「すまんトゥルム。この女中に正体を見られた」

「この女中だけか？」

トゥルムの問いにニジェナが頷《うなず》いた。そのやり取りを見たコチュンは、ますます困惑《こんわく》した。

「トゥルム陛下は、ニジェナ様が男性だとご存じなんですか？」

「当たり前だ。それより、お前はなぜここにいる」

トゥルムに鋭《するど》く切り込まれ、コチュンは思わず閉口してしまった。

「ほう、何も言わないつもりか？」

「どうする、トゥルム。ここでこいつの口を封《ふう》じるか？」

ニジェナの物騒《ぶっそう》な言いざまに、コチュンはおののいた。だが、そんなコチュンを見ていたトゥルムは、少し考え込んでからニジェナに答えた。

「口を封じる方法はいろいろある。とりあえず、場所を変えよう。お前も化粧着を脱《ぬ》いで着《き》替《が》えたほうがいい」

トゥルムは先に風呂場を出ていった。すると、ニジェナはコチュンの前に腰《こし》を下ろした。コチュンは真っ正面からニジェナの顔を見る形になり、そのあまりの美しさに反射的に顔を逸《そ》らしてしまう。だが、ニジェナはおかまいなしに告げた。

「逃《に》げようとしたら、どうなるかわかってるだろうな」

「わ、わかってます。絶対に逃げません」

コチュンが誓《ちか》ったのを聞くと、ニジェナはコチュンの手足を自由にして、風呂場から出るよう促《うなが》したのだった。

風呂場の外は、豪華《ごうか》な部屋になっていた。異国の織物《おりもの》や骨董品《こっとうひん》で彩《いろど》られており、そういうものに疎《うと》いコチュンでも、これらがユープーからの献上品《けんじょうひん》だと見当がつく。

すると、化粧着から普通《ふつう》の寝間着《ねまき》に着替えたニジェナが、コチュンの前に現れた。こうしてみると、男だなんて思えないほど美しく、所作の一つ一つが、洗練されている。

「じろじろ見るな、少しでも変な真似《まね》したら、また風呂場にぶち込むぞ」

しかし、声は低いし口調も物騒。その激しい落差に、コチュンは百年の恋《こい》も冷めるほどの失望を抱《いだ》いてしまった。そのとき、部屋の奥からトゥルムがやってきた。

「君がニジェナの風呂場に忍《しの》び込んだ理由は、彼から聞いたよ。それで、まずは君のほうからわたしたちに言いたいことはあるかい？」

〝彼〟と呼ばれたニジェナは、フンッと鼻を鳴らした。コチュンはそれを横目に見て、固《かた》唾《ず》をのんで口を開いた。

「恐れながらお伺《うかが》いします。どうして男の人が、女の人のふりをしてトゥルム陛下と結婚しているのでしょうか？　トゥルム陛下は、ニジェナ様の正体をご存じのうえでご結婚されたんですか？」

「その通り。これはわたしたち二人で結託《けったく》した、偽装《ぎそう》結婚だ」

「ぎっ、偽装結婚⁉」

コチュンは目を点にして、二人を見比べてしまった。すると、ニジェナが鬱屈《うっくつ》とした顔で口を開いた。

「この結婚は、バンサ国とユープー国が平和的に同盟を結ぶための政略結婚だ。しかし、おれの国の王女様が、どうしても輿入れに同意してくれなくてな。このまま王女を嫁《とつ》がせることができなければ、両国の同盟がなかったことになってしまう。だから代役として、おれがトゥルムのもとに嫁いできたんだ」

ニジェナの話を真剣《しんけん》に聞いていたコチュンだったが、思わず苦笑《くしょう》してしまった。

「男性が王女様の代役だなんて、いくら何でも無茶でしょう」

「そういうお前、おれの裸を見るまで、おれが男だなんて夢にも思ってなかっただろう」

ニジェナに図星を突《つ》かれ、コチュンは言い返せなくなってしまった。するとニジェナは、面白《おもしろ》そうにけらけら笑い出した。

「そうなるのも無理はないさ、おれは男にしとくのはもったいないほどの美形だし。化粧も衣装《いしょう》の着つけも、そこらの女よりずっと腕がいい。本物のニジェナに似せるぐらいチョロいもんさ。政略結婚の影武者《かげむしゃ》として、おれほど適任の人間はほかにいないだろう？」

確かに、ニジェナは完璧《かんぺき》な皇后を演じていて、裸を見るまでは、男だなんて微塵《みじん》も思わなかった。それでも男性であることは事実である。コチュンは眉《まゆ》を寄せてトゥルムを見た。

「トゥルム陛下は、なぜ彼の嘘に協力されたんですか？」

「そもそもバンサ国とユープー国は、領土と覇権《はけん》を奪《うば》い合《あ》う敵同士だ。戦争をするたびに多くの犠牲《ぎせい》を出し、国は衰退《すいたい》した。このままでは互《たが》いにすり減る一方だ。だから、両国で同盟を組み、戦争を避《さ》ける約束を交《か》わすことにした。だが、敵同士の国がいきなり相手を信頼《しんらい》できるわけもない。政略結婚は、相手に裏切られないための一つの手段だったんだ」

トゥルムが経緯《けいい》を説明していると、ニジェナが口を挟《はさ》んだ。

「この話がおじゃんになると、同盟関係は破綻《はたん》。それが火だねになり、また戦争が始まる。だから、どんな手を使っても、この結婚は成功させなきゃいけなかった。たとえ代役を立ててもな」

「それに、わたしと彼はもともと見知った間柄《あいだがら》だ。この政略結婚を絶対に成《な》し遂《と》げる仲間として、これ以上ふさわしい相手はいない」

トゥルムは、ニジェナに盟友を見る眼差《まなざ》しを向けていた。こんな途方《とほう》もない嘘に付き合うなんて、よほどの信頼関係がないとできないことだろう。

「えっと……じゃあ、あなたは、いったいどこの誰なんですか？」

「それをお前に言う必要はない」

ニジェナ本人にばっさり拒絶《きょぜつ》され、コチュンはムッとしながらも大人しく引き下がった。正体のわからぬ相手の言うことを聞くのも、いまいち納得《なっとく》がいかない。ところが、ニジェナはコチュンを追《お》い詰《つ》めるように告げた。

「自分の立場がわかっていないようだな。おれが嘘の皇后、つまり、男だとバレたら、この偽装結婚は終わる。おれたちの秘密を知ったお前のことを生かしておくわけにはいかないんだぞ」

伝わってくる殺気の恐ろしさに、コチュンは縮みあがって悲鳴をあげた。

「ま、待ってください、わたしはお二方のことを誰にも言わないと誓います！」

「黙れ、平和のためだ、諦《あきら》めて死ね！」

ニジェナが声を張りあげたそのとき、トゥルムがコチュンの前に立ちはだかった。

「待て、さっきも言ったが、こいつを殺さなくても口を封じる手はある」

「どういうことだ？」

「わたしたちの偽装結婚を隠すためには、協力者がいると何かと便利だろう。そこで、この女中を利用するんだ」

トゥルムはコチュンに向き直ると、ゾッとするほど優しい笑顔《えがお》を浮かべた。

「名はコチュンと言ったか？　歳はいくつだ？」

「も、もうすぐ十五です」

「うん、少し若いが大丈夫《だいじょうぶ》だろう。コチュン、たった今から、君を皇后付きの専属女中とする。もし命令を拒否《きょひ》したり、わたしたちの秘密をばらすような真似をしたら、君を含《ふく》めて親族全員を処刑《しょけい》する。わかったな？」

雷《かみなり》に打たれたような衝撃《しょうげき》が走った。皇后付きの専属女中なんて、女中を長年続けていなければつけないような大役だ。だけど、重要機密を知ってしまったコチュンに拒絶する術《すべ》なんてあるはずもない。

「つ、謹《つつし》んでお受けいたします……」

不安を押し殺して、しずしずと頭を下げるしかなかった。

ニジェナの専属女中になって一週間。コチュンは蓮華《れんげ》の宮《みや》に住み込むこととなり、ニジェナの一番近くに仕える女中として働き始めていた。

蓮華の宮には、ほかにも下働きをする女中や、営繕《えいぜん》の職人、調理師が住み込みで働いている。しかし、彼らがニジェナに近寄ることはない。ニジェナは、秘密を守るため一日中部屋に引きこもり、たまに言付けを記した手紙を一方的に使用人に渡《わた》すだけで、顔を見せようともしないのだ。

だから、コチュンが皇后付きの女中として蓮華の宮に入ったことは、ほかの使用人たちに大きな驚きをもたらした。

「若いのに皇后付きだなんて、どうやって取り入ったんだい？」

蓮華の宮の女中たちは、ちびで痩《や》せっぽちのコチュンを見て、不審《ふしん》に思っていた。こんな新米女中がなぜ皇后付きになれたのか、理解できなかったのだ。コチュンだってあんな事件さえなければ、お鉢《はち》が回ってくることはなかったと嘆息《たんそく》を漏《も》らす。

「でも、あなたが来てくれてよかったわ。わたしたちは皇后様に嫌《きら》われているみたいで、お手伝いをするどころか、近づくこともできないのよ」

蓮華の宮の女中たちの言う通り、コチュンはニジェナのすべてのお世話と、自分の親世代より年上の使用人たちの仲介役《ちゅうかいやく》までこなすこととなってしまったのである。

「ああ、元の仕事に戻《もど》りたいっ」

あまりの重労働に、掃除《そうじ》をしながらコチュンは不満をぶちまけた。

「おい、急に大声を出すなよ、びっくりするだろう」

すると、本を読んでいたニジェナが文句を飛ばしてきた。コチュンは、このひどい労働環境《かんきょう》を作り出した張本人に目を向けた。

ニジェナは愛用の長椅子《ながいす》に座り、ゆるりとくつろいでいる。ユープーからの持参品に彩られた彼の生活は、コチュンも初めて目にするものばかり。特に、彼の衣装はユープー国の伝統的な織物で作られていて、一枚の布を身体にまとうような形が特徴《とくちょう》だ。それがニジェナの美貌《びぼう》をさらに引き立てるものだから、彼に不信感をもっているコチュンでも見惚《みほ》れてしまう。たった三歳しか年齢《ねんれい》が違《ちが》わないのに、ニジェナはあまりにも美しいのだ。

コチュンがぼんやり眺めていると、ニジェナが本から目を離した。

「団子、何をボーッとしてるんだ」

「な、なんですか、その〝団子〟って……」

急に菓子《かし》の名前で呼ばれ、コチュンは眉間《みけん》にしわを寄せた。

「お前の呼び名だよ、ぴったりだろ？」

　にやりと笑うニジェナに言われ、コチュンは金物の壺《つぼ》に映る自分を見た。確かに、お団子に結《ゆ》った髪は特徴的で、宮中でこの髪形《かみがた》をしているのは自分しかいない。それでも、コチュンは素直《すなお》に不服を唱えた。

「わたしの名前は、コチュンです」

「団子、おれは喉《のど》が渇《かわ》いた。今すぐお茶を淹《い》れてこい」

　ニジェナは聞き入れてくれないどころか、一瞬《いっしゅん》であだ名を定着させた。コチュンは雑《ぞう》巾《きん》をたらいに叩き込むと、礼もせずに部屋を出た。

　ニジェナは確かに美しいし、ユープー国の文化もよいものだと思う。でも、ニジェナは嘘の皇后でしかないのに、あの高慢《こうまん》ちきな態度はなんなのだ。コチュンの怒《いか》りは沸《わ》き立つお湯より煮《に》えている。せめてこの苦しさをわかち合える誰かがいればいいのに。コチュンはガチャガチャ音を立てながら、沸かした湯と茶葉を持ってニジェナのもとに運んだ。

「ニジェナ様、皇后付き女中がわたし一人というのは、仕事に支障が出ると思います」

　ニジェナにお茶を淹れながら、コチュンは思い切って切り出した。すると、ニジェナは青い瞳《ひとみ》で睨み返してきた。

「支障が出る？」

「わたしだけでは、ニジェナ様の身の回りのお世話をするのにも膨大《ぼうだい》な時間がかかります。蓮華の宮には、ほかにも使用人がいるんですから、ニジェナ様のお傍《そば》で働かせていただく女中を増やしませんか？」

コチュンからしてみれば、かなり勇気を振《ふ》り絞《しぼ》ったほうだ。ところが、ニジェナは用意されたお茶をひっくり返すかの勢いで、コチュンを怒鳴《どな》りつけた。

「お前はバカなのか？　さらに他人を近寄らせるなんて、冗談《じょうだん》じゃない！」

「ば、ばかって……。わたしは、ただ提案しただけです」

コチュンが弁明すると、ニジェナは重苦しいため息をついた。

「なんでおれが部屋に閉じこもってると思う？　自分の正体を知られないために、わざと人に会わないようにしてるんだぞ。お前以外に他人を近くに置くなんて、今までの努力を台無しにするも同然だ」

「でも、使用人は必要でしょう？　わたしが蓮華の宮に入るまで、ニジェナ様の部屋は埃《ほこり》だらけで散らかっていたし、ほつれたお衣装の修繕《しゅうぜん》だって、できてなかったじゃないですか」

コチュンが負けじと言い返すと、ニジェナは一瞬、図星を突かれた顔をした。

「うっ、うるさいっ。お前を傍に置いているのは、お前の監視《かんし》も兼《か》ねてのことだ。それがなければ、お前なんて女中にしない。風呂場を覗く不躾《ぶしつけ》な女がいるとは、普通は思わないだろ。お前みたいなのを傍に置くことになって、本当に最悪だよ」

その言葉に、コチュンは刺すような視線を返した。

「あなたこそ、どこの誰だかもわからない嘘つきの偽者皇后《にせものこうごう》じゃないですか。本当は、あなたに命令される筋合いなんてないんですからね！」

コチュンはぴしゃりと言い放つと、くるりと背を向けて歩き出した。

「おい、どこへ行く！」

「王宮の外に食事をとりに行きます」

「勝手に外に出るなんて、許さないぞ！」

ニジェナはコチュンの腕を摑《つか》んで引き留めた。だが、コチュンは彼の褐色の手を払《はら》いのけると、振り向きざまに怒鳴り返した。

「わたしがどこで何を食べるかまで、あなたに強制されるいわれはないでしょうっ。ご安心ください。わたしも命がかかっているので、絶対に秘密を漏らしませんから！」

コチュンがはっきりと主張すると、ニジェナは虚《きょ》を突かれて黙り込んでしまった。コチュンは、夜までには戻ると言い残して、蓮華の宮を飛び出したのだった。

王宮の外はバンサ国の帝都《ていと》ピンザオだ。日が暮れても人の往来が続き、店の軒先《のきさき》に客引き用の赤い提灯《ちょうちん》が出される。その一角で、コチュンは煮詰《につ》まった大根の香りと、居酒屋の喧騒《けんそう》に包まれていた。一緒に食卓《しょくたく》を囲む相手が、コチュンの話を聞いてゲラゲラ笑っている。

「どこの職場にも、めんどくさい上司っているんだなあ」

「ちょっとトギ、他人事《ひとごと》だと思って笑わないでよね」

コチュンが僻《ひが》みっぽく口を尖《とが》らせると、彼はペロッと舌を出してとぼけて見せた。

トギは、コチュンと同郷の幼馴染《おさななじ》みだ。今はピンザオ市と地方を結ぶ馬車の御者《ぎょしゃ》をしていて、先に上京した手前、コチュンと会うと兄貴風を吹《ふ》かせるのだ。しかし、なんだかんだとそれが、コチュンの数少ない息抜《いきぬ》きの時間にもなっていた。

コチュンは王宮を出るなりトギを食事に誘《さそ》い、ためにため込んだ仕事の愚痴《ぐち》をぶちまけた。もちろん、そうなってしまった理由は伏《ふ》せてはいるが、トギに話すと、いくらかすっきりした気分になれた。

「確かに、今日のコチュンは少しやつれてるな。新しく任された役目っていうのが、相当きついんだろ。いったい何の仕事なんだ？」

トギはコチュンの顔を見て、不安そうに尋ねた。こういう気遣《きづか》いが、トギの優《やさ》しいところだ。コチュンは少し迷った挙げ句、支障がない程度に打ち明けた。

「実はわたし、皇后様付きの女中に任命されたの」

「こっ、皇后様って、あの皇后様？」

トギは驚いて咳《せ》き込み、目を丸くしてコチュンに食いついた。

「マジかよコチュン、あの絶世の美女のお傍についてるのかっ？　すげえ仕事だな！」

「今話してためんどくさい上司が、そのニジェナ皇后様なんだけど？」

「婚礼の式典を見に行ったんだけどさ、ニジェナ様の美しさはこの世のものとは思えなかったぜ。おれ、あの人になら、どんな仕打ちを受けてもいい」

トギの夢見るような顔に、コチュンは白い目を向けた。

「悪いけど、この仕事ってそんな甘くないからね」

「でも、皇后付き女中っていえば、すげえ昇格《しょうかく》だろう。苦労するのも仕方ないさ」

トギはにこにこと褒《ほ》めると、景気よく手のひらを叩いた。

「よしっ、コチュンの出世祝いだ、今日はおれがおごってやる」

出世というわけではないのだが。コチュンは返答に困りつつも、労《いたわ》ってくれるトギに甘えることにした。食事を終えて会計を済ませると、二人は店を出て、街を歩いた。

「はあ、もう帰らなきゃいけないのかと思うと、しんどい」

コチュンががっくりと肩《かた》を落とすと、トギは穏《おだ》やかに笑った。しかし、先ほどのおちゃらけた様子は鳴《な》りを潜《ひそ》め、真剣な顔でコチュンに話し出した。

「コチュン、あのな。さっきは店の中だったから言えなかったけど、新しい皇后様、一部の民衆にはあんまりウケがよくないんだ」

「え、どうして？」

予想外の話に、コチュンは驚いてトギを振り返った。

「おれの職場にはさ、昔の戦争でユープー人に家族を殺されたり、兵士として戦ったりした人がいるんだよ。何十年も経《た》ったけど、今もユープーを憎《にく》んでる。当たり前だよ、酷《ひど》い戦争だったから。それもあって、ユープーの姫様の輿入れにも反発してるんだ」

「トゥルム陛下とニジェナ様のご結婚《けっこん》は、国中でお祝いしていたじゃない」

「そりゃ、あんなお祭り騒ぎをされちゃ、ユープーに文句を言いたい人でも黙るしかなかったんだろうよ。だけど、新しい皇后様を嫌う連中は、本当にいっぱいいるんだ」

トギはさらに声を潜めると、コチュンの耳元でぼそぼそと打ち明けた。

「実はさ、知り合いの爺《じい》さんが、暴動を起こしかけて衛兵に拘束《こうそく》されたんだ。婚礼の儀式に、反ユープー派の連中で殴《なぐ》り込もうとしてたらしい」

「そ、それ本当なの？」

にわかには信じがたい話にコチュンがおののくと、トギは神妙《しんみょう》な顔をして頷いた。

「ここ何年かは落ち着いてきたとはいえ、ずっと戦争をしてきたユープー国との同盟なんて、難しい話だったんだ。今でも、ユープー国に攻め込めっていう声を聞くし、ニジェナ皇后を敵視する人も大勢いる。だからコチュンも、皇后様に肩入《かたい》れしすぎるなよ。続けるのが無理だと思ったら、仕事なんか辞《や》めていい。おれがなんとかしてやるからな」

トギは王宮までコチュンを送ると、にこやかに帰っていった。しかし、彼を見送ったコチュンは、深いため息をついた。

トギの話を聞くまで、バンサ国とユープー国の同盟に反対している人がいるなんて、コチュンは思いもしていなかった。でも、言われてみれば心当たりがある。ニジェナとトゥルムの婚姻《こんいん》の式典で、ニジェナに笑顔はなかった。蓮華の宮に厳重な警備が敷《し》かれていたのも、彼に反発する一派を警戒《けいかい》してのことだったのだ。

かつての敵国に、たった一人で乗り込むということは、多数の敵意に晒《さら》されるということでもある。しかもニジェナは、性別を偽《いつわ》りながら代役を演じるという重責を背負っているのだ。

それなのにコチュンは、ニジェナを嘘つきの偽者とやじり、女中の仕事を投げ出してきてしまった。あの人は、命がけで平和のために嫁いできたのに、傍で支える人間すらいないなんて、むごいくらいに可哀《かわい》そうではないか。

気づくと、コチュンは小走りで蓮華の宮に向かっていた。ニジェナに謝ろう。そして、女中を務めている間くらいは、彼を傍で支えてあげよう。そう考えたのだ。

ところが、蓮華の宮に戻ったコチュンを迎《むか》えたのは、真っ青な顔をした女中たちだった。

「みんな揃《そろ》って、どうしたんですか？」

彼女たちのただならぬ様子に、コチュンは首を傾《かし》げた。

「上皇様ご夫妻とエルス殿下が、急にお見えになられたんです」

「えっ、上皇様ご夫妻が⁉」

思いがけない展開に、コチュンは目を丸くした。上皇夫妻は、皇帝トゥルムの実の両親、エルス殿下はトゥルムの実弟《じってい》だ。そんなやんごとなき方が訪問するというのに、蓮華の宮には何の事前通達もなかった。コチュンは戸惑いながら、女中たちに尋ねた。

「それで、ニジェナ様とトゥルム様は、どうされたの？」

「それが、上皇様ご夫妻がお二人にご挨拶《あいさつ》を願ってくださったのだけど、ニジェナ様がお部屋から出ていらっしゃらないの。幸い、今はトゥルム様が上皇様ご夫妻の相手をされているけれど、このままではニジェナ様に対するご心証はよろしくないでしょうね」

「わたしたちが準備を手伝うと申し出てみたんだけど、ニジェナ様はあなた以外を部屋に入れないって、頑《かたく》なに閉じこもっておられるのよ」

女中たちは、すっかりくたびれた様子で経緯を話した。上皇夫妻を待たせているし、ニジェナ皇后は部屋に引きこもっているしで、てんやわんやだったのだろう。

「わかりました。わたしがニジェナ様の準備を手伝います」

コチュンは一目散にニジェナの部屋に向かった。正体を隠すために人を遠ざけているとはいえ、上皇夫妻がやってきたのに皇后のニジェナが部屋から出てこないなんて、さすがにおかしい。コチュンは一抹《いちまつ》の不安を抱《かか》えながら、ニジェナの部屋の扉を乱暴に叩いた。

「ニジェナ様、コチュンです。部屋に入りますよ！」

コチュンが取っ手を捻《ひね》るより先に扉が開かれ、ニジェナが顔を出した。

「遅《おそ》いぞ団子、すぐに入れ！」

ニジェナはコチュンを中に引っ張り込むと、すぐに扉を閉めて鍵《かぎ》をかけてしまった。その佇《たたず》まいは、湯あがりに着る化粧着のまま。上皇夫妻が来ているのに、身なりを整えていないニジェナを見て、コチュンは眉をひそめた。

「ニジェナ様、なにかあったんですか」

「……まずいことになった……」

ニジェナは、震《ふる》えながら暖炉《だんろ》を指さした。その中には、黒焦《くろこ》げになったニジェナの衣装が、黒い煙《けむり》をあげて丸まっていた。


バンサ国の上皇ガンディクは、先代の皇帝であり、トゥルムの父親でもある。今なお国中に影響力《えいきょうりょく》をもち、自分の支配に属さない集団や他国に対して、非情なまでに攻撃的《こうげきてき》な人物だ。長男のトゥルムと次男のエルスにも、自身の帝王学《ていおうがく》を教え込んだが、トゥルムは父親とは正反対の穏健派《おんけんは》になり、エルスは生まれつき病弱だったため、ガンディクの期待に沿える後継者《こうけいしゃ》とはなりえなかった。

地位を譲《ゆず》ったとはいえ、ガンディクはトゥルムに対して、常に厳しい目を向けている。

特に、今回のユープー国との同盟締結《ていけつ》には、誰よりも反対していた。

「あんな国など、煩《わずら》わしい条約を取り決める間もなく、攻《せ》め滅《ほろ》ぼして併合《へいごう》してしまえばよかったではないか」

蓮華の宮を訪《おとず》れたガンディクは、この日もまたトゥルムとニジェナの婚姻に難癖《なんくせ》をつけ、懲《こ》りもせず国同士の問題をやり玉に挙げ出した。トゥルムの母親のチヨルは、夫の話に何度も頷き、弟のエルスは居心地《いごこち》が悪そうに黙り込んでいる。

「父上は、まだそんなことを言っているんですか。今は和睦《わぼく》の時代ですよ」

トゥルムは、ガンディクの考えを真っ向から否定した。トゥルムは幼い頃《ころ》から支配的な父の背中を見て育ち、戦争によって国が疲弊《ひへい》するのを知った。父の考えが、いかに国を弱らせるのかを、身をもって学んでいた。だからこそトゥルムは、両国の平和を一番に考え、ユープー国との同盟締結に心血を注いだのだ。

「これからは、他国と手を取り合って共存し、恒久的《こうきゅうてき》な発展を推《お》し進《すす》めるべきなのです」

「なぜ格下の連中とつるまねばならぬ？　バンサの地位が下がるだけではないか。勝手に婚姻政策など進めおって」

「国同士の関わりに、格も地位も存在しません」

トゥルムの度重《たびかさ》なる説得に、ガンディクが考えを改めることは一度としてなかった。父親の反対を押し切ってまでこの婚姻が成立したのは、ニジェナが人質同然の形だからこそ、実現できたともいえる。トゥルムは相変わらずの父親に失望して肩を落とすと、同意を求めるように弟を見た。だが、エルスは姿勢を低くし、目線を逸らしてしまった。

「ところで、ユープーの姫はどこにいる？　なぜ我々の前に姿を見せないのだ」

ガンディクは、ニジェナが部屋から出てこないことに言及《げんきゅう》し、舌打ちをした。

「我々と顔も合わせたくないということか？　せっかく人質代わりにバンサ皇室に迎え入れてやったのに、礼儀《れいぎ》知らずもいいところだ」

ガンディクの言葉に、チヨルが頷いた。

「トゥルム、いくらお前がユープー国を取り立てても、かの国の姫君が無作法者では、庇《かば》いようがありませんよ」

「もうすぐ支度《したく》が整うと思いますので、しばらくお待ちを」

トゥルムは澄《す》ました顔で答えたが、服の下では冷《ひ》や汗《あせ》をかいていた。

蓮華の宮の暖炉は、寒冷期以外は火を落としている。それなのに、コチュンが手を入れた暖炉は、つい先ほどまで燃えていた証拠《しょうこ》に、熱気をはらんでいた。コチュンは黒焦げになったニジェナの衣装を持ちあげると、顔を青ざめさせた。

「ひどい、誰がこんなことを……」

「おれが風呂に入っている間に、何者かが窓の鍵をこじ開けて、部屋を荒《あ》らしたみたいなんだ。暖炉に火がつけられていて、慌《あわ》てて消したら、このありさまだ……」

コチュンは暖炉からすべての衣装を拾いあげたが、無事なものは一着もない。

「トゥルム様は、このことをご存じなんですか？」

「おれを呼びに来て、この状況を見た。今は上皇の相手をして時間稼《じかんかせ》ぎをしている」

「上皇様にもお伝えしないと。ニジェナ様の部屋を荒らした犯人が、まだ近くにいるかもしれませんよ」

「ばか、そんなことできるわけないだろう」

ニジェナは目を見開き、かぶりを振って衣装を投げ捨てた。

「どうして今、おれの部屋が荒らされたと思う？　まるで、上皇が蓮華の宮に来ることを知っていたみたいだろう？　皇族の予定なんて、ほとんどの人間が知る由《よし》もないのに」

「それじゃ犯人は……上皇様がここに来ることを、わかっていたってことですか？」

「もしかしたら、犯人は上皇の手のものかもしれない」

まさか、と言いかけたコチュンは、トギから聞いたばかりの話を思い出した。この国には、ユープー国との同盟を良く思わず、敵対心を抱く者が大勢いる。この国の上皇が、ユープー国を快く思っていないことだって、十分にあり得るのだ。

もし上皇が、ニジェナが皇后として公務にあたることを妨《さまた》げるために衣装を燃やしたというのなら……コチュンは身の毛もよだつような想像をして、足がすくんでしまった。

「わたしが、ニジェナ様のお傍についていたら、こんなことには……」

「お前がいても、犯人は同じことをしたに違いない。ほんと、陰湿《いんしつ》にもほどがあるよな」

コチュンが自分を責めたとき、ニジェナはそれを否定するように、怒りの矛先《ほこさき》を犯人へ向けた。てっきり責任を追及《ついきゅう》されると思っていたコチュンは、驚いてニジェナを見た。

「わたしを、怒《おこ》らないんですか？」

「なんで無関係のお前を怒らなくちゃならないんだよ」

ニジェナは怪訝《けげん》そうに首を傾げた。衣装を燃やされたことを、仕事を放り出した女中のせいにもできたのに。ニジェナは微塵《みじん》も考えていないみたいだ。

コチュンが驚いていると、ニジェナは自嘲的《じちょうてき》に笑い、ぽつりと言った。

「こんなことが起こる予感は、バンサに来る前からしていた。かつての敵国を簡単に許せるはずがない。だから、おれは何をされようがかまわない。いつかバンサとユープーが争うのをやめて、手を取り合うための架《か》け橋《はし》になれれば、それでいいんだ」

コチュンは言葉を失ってしまった。ニジェナは自分に向けられる敵意を知っていても、両国の平和を取り持つために、政略結婚の代役を務めようとしている。優しさと勇気だけで一身を投げ打つニジェナを思うと、コチュンの抑《おさ》えきれない感情が、声になって出てしまった。

「ニジェナ様にこんな仕打ちをするなんて。わたし、犯人が許せない！」

「なんで団子が怒るんだよ」

「怒りますよ！　ニジェナ様の覚悟《かくご》を知らないで……こんな卑劣《ひれつ》な真似、見過ごせません！」

コチュンはニジェナを見あげて断言すると、グッと両手を握《にぎ》りしめた。

「こうなったら、何がなんでもお衣装を用意しましょう！　それも、ニジェナ様の美しさを、さらに引き立てるような！」

「無理するなって。最悪、扉《とびら》越《ご》しに挨拶をすればいいんだし」

「そんなことしたら、ニジェナ様の王宮での立場が悪くなるでしょう」

何か、何かこの窮《きゅう》地《ち》を脱《だっ》する策はないか。コチュンは部屋中を見渡《みわた》し、使えるものがないか探した。そのとき、コチュンはニジェナの部屋の、豪華な垂れ幕に目を留めた。

「この垂れ幕、使えないでしょうか」

「え？」

コチュンがニジェナに指さしたのは、日よけ用の織物だった。赤色の生地《きじ》に、バンサ国の伝統的な刺繍《ししゅう》が施《ほどこ》されている、ありふれた装飾品《そうしょくひん》の一つだ。コチュンは垂れ幕に手を伸《の》ばして、感触《かんしょく》を確かめてみた。生地がしっかりしているわりに柔《やわ》らかく、自由に折《お》り畳《たた》むことができそうだ。

こうなったら、やるしかない。

「ニジェナ様、この垂れ幕を天井《てんじょう》から降ろしてください。これを使って衣装を作ります」

「えっ、これで？」

ニジェナの目には、ただのばかでかい布にしか見えない。

「ニジェナ様が布を降ろしている間に、わたしはほかの装飾品を調達してきます」

戸惑うニジェナを残して、コチュンは部屋を飛び出した。すると、蓮華の宮の女中たちが、いつまでも出てこない皇后を心配して集まっていた。

「ねえ、皇后様はどうされたの？　なにか問題が起きたのかしら」

「実は、ニジェナ様の衣装が何者かに燃やされてしまったんです」

「た、大変じゃない！」

皇后が部屋から出てこない理由を聞いた途端《とたん》、女中たちはどよめいた。コチュンは慌てて彼女たちを制止した。

「静かに。もし上皇様に知られてしまったら、蓮華の宮の警備や給仕《きゅうじ》に不備があったと責められて、罰《ばっ》せられてしまいます」

「そんなの困るわ、どうしたらいいの」

コチュンは彼女たちをなだめる代わりに、ゆっくりと言い聞かせた。

「そこで、みなさんの装飾品を、ニジェナ様に貸してほしいんです。上皇様への挨拶が済むまでの間だけ」

コチュンは集まっていた女中たちに、今すぐ手に入るものだけで衣装を作ることを話した。突拍子《とっぴょうし》もない提案に、女中たちは耳を疑ったが、コチュンの必死な様子に、みんな蜘蛛《くも》の子《こ》を散らすように走り出した。

「よし、わたしも」

コチュンは女中の部屋から裁縫《さいほう》道具を持ってくると、ニジェナの部屋に駆《か》け戻った。

ニジェナは垂れ幕を天井から降ろしていたが、半信半疑の顔のままだ。

「こんなでかい布で、これから衣装を縫《ぬ》うなんて無理だろう」

「いえ、縫いません。巻きつけるだけです」

「巻きつける？」

ニジェナは素《す》っ頓狂《とんきょう》な声を出して、垂れ幕を見つめた。確かにユープー国の衣装の特徴は、織物の平面を最大限に生かしたもので、身体に巻きつけるように着ることもある。それでも、糸で縫い合わせたり、布につけられた紐《ひも》で結んだりして、着崩《きくず》れしないように手が加えられているのだ。それを今から作るなんて、無謀《むぼう》すぎる話だ。

「ニジェナ様のお衣装をいつも見ていたので、それらしく着つけられると思います」

　コチュンは垂れ幕を受け取ると、椅子《いす》を踏《ふ》み台《だい》にしてニジェナの後ろに立った。

「大丈夫か？」

「一応、こういうのは得意です」

　コチュンは断言すると、ニジェナの化粧着を脱がせた。その瞬間、コチュンはハッと息を呑んだ。ニジェナの広い背中が現れた途端、何とも言えない恥《は》ずかしさを感じてしまったのだ。いつもは隠されている異性の身体に、思わず頬《ほお》が赤くなる。

「団子、どうした？」

　ニジェナはそんなこととは露知《つゆし》らず、手を止めたコチュンを心配して振り向いた。

「だ、大丈夫です！」

　コチュンは織物をニジェナの胸元に広げると、両端《りょうたん》をもって彼の首の後ろで結んだ。余った布を胸のすぐ下で織り込み、織り込んだ端と端を背中で結ぶ。最後に腰の下でほどけないように縫って補強すると、ただの大きな布が、あっという間にニジェナの身体を包む衣装に変貌《へんぼう》した。

「すげえっ、ちゃんとした衣装になってるじゃないか！」

　ニジェナは歓声《かんせい》をあげたが、これでは平らな胸を隠しきれていない。コチュンは掃除用の雑巾を、問答無用でニジェナの胸元《むなもと》に押し込んだ。

「胸は、とりあえずこれでなんとかしてください。あと、絹の織物を袖代《そで》わりに肩にかけます。髪を片方に流して肩幅《かたはば》を誤魔化《ごまか》しましょう、本当は髪飾りがあればいいんですが……」

「あるぜ、ほら」

ニジェナがコチュンに差し出したのは、婚姻の式典でトゥルムからもらった髪飾りだった。バンサ国の伝統に従い、ニジェナはこの髪飾りだけは持ち歩いていたのだ。

「化粧は自分でできる。団子はほかのことを頼《たの》む」

ニジェナは化粧台の前に座ると、職人並みの手際《てぎわ》の良さで顔に色をのせていった。そこへ、部屋の扉を叩く音がした。蓮華の宮の女中たちが、装飾品を持ってきてくれたのだ。

「わたしたちの装飾品、持ってきたわ。こんなので大丈夫かしら」

「ありがとうございます！　なんとかなりそうです」

コチュンが笑顔で答えると、女中たちが一気にざわついた。彼女たちの視線の先には、化粧を終えたニジェナが立っていたのだ。コチュンも驚いたが、女中たちの驚きようはさらに大きかった。まるで神でも見たかのように硬直《こうちょく》し、しずしずと頭を下げていく。

「こ、このたびは、わたくしたち女中の不注意で、皇后様にご迷惑《めいわく》を……」

「かまわない。お前たちも、わたしのために協力してくれたのだな。感謝する」

普段《ふだん》の粗暴《そぼう》なニジェナではない、皇后らしい厳《おごそ》かな声で微笑《ほほえ》みかけた。次の瞬間、女中たちは心を奪われ、コチュンですら息を詰まらせた。なんて綺麗《きれい》なんだ。コチュンは驚《きょう》嘆《たん》せずにはいられなかった。

「お前たちのおかげで、万事《ばんじ》うまくいくぞ」

ニジェナがコチュンを見た。その眼差しには、もう不安も心配も浮かんでいない。コチュンは弾かれたように正気を取り戻すと、衣装作りの総仕上げに取りかかった。


その頃、客間ではガンディクとトゥルムの言い争いが、苛烈《かれつ》を極めていた。

「いつになったらあの女は出てくるのだ。派手な化粧をしないと見せられん顔なのか?」

「わたしの妻に対して、なんということを」

「あれが妻だと? 人質の分際で、せいぜい妾《めかけ》がいいところだ」

「いい加減にしてください! ユープーはバンサの友人です。わたしたちの友好関係に水を差すような真似だけは、断じて許しません!」

「なんだと、わしが何をしたというのだ」

上皇に反省の色はない。ニジェナの荒らされた部屋を見ているトゥルムは、怒りたいのをこらえて拳《こぶし》を握りしめた。

そのとき、部屋の扉が開かれた。

「挨拶が遅《おく》れてしまい、大変申し訳ございません」

争いの渦中《かちゅう》にあるニジェナが、彼らの前に現れたのだ。その途端、部屋にいる全員が、ニジェナの姿にくぎ付けになった。

ニジェナは、見たことのない衣装を身に着けていた。ユープー風の着つけに、バンサ国の伝統的な刺繍が大きく施されている。大胆《だいたん》にさらけ出された褐色の背中は魅惑的《みわくてき》で、バンサ国の装飾品がさらなる彩りを添《そ》えていた。

二つの国の文化を混ぜたかのごとき装《よそお》いが、ニジェナの美貌を底あげし、圧倒的《あっとうてき》な美しさで上皇までをも黙らせたのだ。

その様子を後ろに控《ひか》えながら盗《ぬす》み見《み》ていたコチュンは、小さく拳を握りしめた。

バンサ国とユープー国の文化が融和《ゆうわ》したのは偶然《ぐうぜん》だったが、女中たちが持ってきてくれた貴金属の装飾品は、ニジェナの褐色の肌にとてもよく映《は》えた。コチュンは、一緒に様子を盗み見ている女中たちに視線を向けて、微笑み合った。

「……我がバンサ国の文化を、盗み取ったか？」

ふいに、ガンディクがニジェナの衣装をなじるように吐き捨てた。ニジェナの美貌に打ちのめされたと思っていたのに、まだ難癖をつける余力があったらしい。コチュンと女中たちは、ハラハラしてその様子を見守るしかなかった。

しかし、ニジェナは穏やかな笑《え》みを浮かべると、背筋を伸ばして告げた。

「バンサ国とユープー国の文化は、合わさるとこんなにも美しいものになるということです。それは、わたくしがトゥルム様に嫁いだことと同じ。バンサ国とユープー国は、ともに歩み寄り手を取り合うことで、さらに強固になる。この衣装は、その証明です」

コチュンは見惚れてしまった。ニジェナの言葉によって、その場しのぎの道具だった衣装が、同盟の意義を伝える芸術作品に昇華《しょうか》されたのだ。

「ニジェナ様……かっこいい」

コチュンの口から、思わず呟きがこぼれた。

ガンディクは苛立《いらだ》ちを隠すどころか強い不快感を示し、反論に口を開きかけた。ところが、エルスが大きく咳き込み出した。春とはいえ夜は急激に冷え込む。病弱なエルスは、発作的《ほっさてき》な息切れを起こしやすくなっていたのだ。チヨルがエルスの傍に駆け寄った。

「エルスの顔色が悪いわ。こんなになるまで待たせるなんて、ユープー人は非常識ね」

「それは違います、母上。わたしたちが急に訪ねたのがいけないのです」

意外にもニジェナを庇《かば》ってくれたのはエルス本人だった。彼は咳《せき》を抑えながら、突然《とつぜん》の来訪をニジェナとトゥルムに詫《わ》びた。

「わたくしこそ、遅くなりまして申し訳ありませんでした。エルス殿下《でんか》、ごゆっくりお休みください」

ニジェナが答えると、エルスは弱々しく微笑んだ。ガンディクとチヨルは、エルスの体調の変化を危惧《きぐ》して、これ以上長居はできないと判断したようだ。彼らを見送りに出たト

ゥルムとニジェナは、上皇たちの乗った馬車が見えなくなると、ようやく詰めていた息を吐き出した。

ニジェナは自室に戻ると、衣装の結び目をほどいてあっという間に脱ぎ捨てた。脱ぎ捨《す》てられた衣装は、一枚の織物に戻った。しかし、借り物の宝飾品《ほうしょくひん》だけは、机の上に丁寧《ていねい》に置いていく。その一つを、トゥルムが指で触《さわ》ってニジェナに言った。

「今回は、女中たちの機転に救われたな」

「本当だよ。一時はどうなるかと思った」

「……で、お前の服を焼いたのは、やはり反対派の仕業か？」

神妙な顔で尋ねたトゥルムに、ニジェナは「おそらくな」と肩を落とした。

「上皇たちに正体がバレなかっただけでも、幸運だったかもしれない。まさかこんなあからさまにしかけられるとは……不意を突かれたよ」

ニジェナは絞り出すように後悔《こうかい》を口にした。窓の鍵をこじ開けられ、衣装や装飾品を燃やされるなんて……自分に向けられる敵意の大きさに、ニジェナは身震《みぶる》いした。武器を持った侵入者《しんにゅうしゃ》に、襲《おそ》われていてもおかしくなかったのだ。

「やっと同盟を結んだってのに、平和は難しいな」

「犯人は、おれが必ず突き止める。そうやって、一つ一つ問題を解決していくしかないさ」

トゥルムは砕《くだ》けた言葉で励《はげ》ました。するとニジェナは、柔らかい笑みを見せた。

「けど、今回の件でわかったことがある。バンサ国にも、おれの味方になってくれる人間はいるらしい」

ニジェナは、衣装を燃やされた自分の代わりに、コチュンが心の底から怒ってくれたことを回想《かいそう》していた。あんな風に言ってくれる人が現れるなんて、思ってもみなかった。

「脅《おど》したとはいえ、いい協力者を得たな」

冗談めかして言うトゥルムに、ニジェナも笑って頷いた。

「そういえば、アイツはどこにいった？」

ニジェナは風呂場を覗いて、驚きに瞬《まばた》いた。脱衣所《だついじょ》の壁《かべ》に寄りかかって、コチュンがすやすやと眠《ねむ》っていたのだ。どうやら、ニジェナが脱ぎ捨てた織物を洗おうとして、そのまま眠ってしまったらしい。ニジェナが忍び笑いを漏らすと、トゥルムもコチュンを見た。

「仕事中に眠るとは……やはり子どもだったな」

「今日はいろいろあったからな、大目に見てやるさ」

ニジェナは乾《かわ》いた化粧着でコチュンを包むと、ひょいと抱《だ》きあげた。このままにしておくわけにはいかないが、女中の部屋まで運ぶこともできない。仕方なく、愛用の長椅子に寝《ね》かせてやることにした。毛布を掛けると、幼いわりに端正な顔が、ふわりと微笑んだ。

ニジェナは長椅子に寄りかかり、コチュンの寝顔《ねがお》を見て呟《つぶや》いた。

「ほんと、ちびのくせに、頑張《がんば》ってくれたよ」


コチュンがようやく目を覚ましたとき、朝日であふれる部屋の真ん中に、ひどい顔をしたニジェナが座っていた。

「ニッ、ニジェナ様、どうしたんですか、そのお顔！」

コチュンが慌てて駆け寄ると、ニジェナは恨《うら》みがましくコチュンを見た。

「お前が長椅子で寝るから、落ちないようにここで見張ってたんだよ。徹夜《てつや》でな！」

「えっ、ええええっ、ごめんなさいぃ！」

まさかニジェナにそこまで迷惑をかけただなんて。コチュンは真っ青になって狼狽《うろた》えた。

だが、ニジェナはさっさとコチュンの傍から立ちあがると、ふらふらとした足取りで寝室《しんしつ》に向かった。

「とりあえず、おれは寝るっ！」

だが、ニジェナは途中《とちゅう》でピタリと立ち止まると、コチュンを振り返ってぶっきらぼうに告げた。

「昨日は、お前のおかげで助かった……ありがとう」

ニジェナはまた歩き出し、乱暴に寝室の扉を閉めた。残されたコチュンは、礼を言われたことに驚きつつ、散らかったままの部屋を見渡した。

そうしてまた、嘘を守る一日が始まるのである。

第二章 ● 女中と異国の元王子

コチュンが皇后付き女中になってから、数か月。衣装《いしょう》が燃やされる窮地《きゅうち》を一緒《いっしょ》に乗《の》り越《こ》えて以来、コチュンとニジェナの間には、それなりの信頼《しんらい》関係ができあがっていた。

ニジェナは正体を隠《かく》しながら、皇后としても仕事をこなさなければならない。コチュンは、衣装を失ったニジェナのため、男性の身体《からだ》を隠す新たな衣装を仕立てたり、バンサ国ならではの風習を教えたりと、ニジェナの役目を陰《かげ》ながら支えたのだ。だけど、なぜ彼がこんな大役を務めることになったのか、理由を聞くことは禁じられていた。難しい外交問題だからだとコチュンも考え、深く探《さぐ》ろうとはしなかった。

そんなこんなで、ニジェナの威圧的《いあってき》な態度はなくなり、コチュンも仕事にやりがいを感じるようになっていたある日。

「ほんと最悪！　絶対にあり得ない！」

コチュンは、トギを夕食に誘《さそ》い出し、またもや仕事の愚痴《ぐち》をこぼしていた。

「まあまあ、犯人がわかってよかったじゃんか」

「全っ然、よくない！」

コチュンが怒《おこ》っているのは、ニジェナの衣装に火をつけた犯人についてだ。

先日、長く不明のままだった犯人が、蓮華《れんげ》の宮《みや》で働く営繕《えいぜん》の職人だと判明した。衛兵による尋問《じんもん》の結果、ユープー人のニジェナが気に食わず、嫌《いや》がらせのつもりで部屋に忍《しの》び込み、衣装を燃やしたと告白したのだ。

皇后に対する狼藉《ろうぜき》である。当然、厳しい罰《ばつ》が与《あた》えられると誰《だれ》もが予測した。しかし、営繕の職人は、わずかな賠償金《ばいしょうきん》を支払《しはら》っただけで放免《ほうめん》され、王宮の仕事を解雇《かいこ》された途端《とたん》、ガンディク上皇と懇意《こんい》にしている貴族が彼を雇《やと》ったというのだ。

「悪いことをした人間が、ほとんど無罪のまま平然と暮らしてるんだよ。犯人のせいでニジェナ様がどんな辛《つら》い思いをしたか考えれば、絶対に許せないでしょう！」

「コチュン、ちょっと声が大きいぞ。そのへんにしとけ」

怒《いか》りが収まらないコチュンを、トギが慌《あわ》ててなだめた。どこで誰に聞かれているかわからない。ましてや、人々の反発も大きいユープー人の皇后様である。彼女を支えるコチュンにまで危害が及《およ》びはしないかと、心配が尽《つ》きないのだ。

トギは優《やさ》しい声でコチュンを慰《なぐさ》め、おかしそうに笑い出した。

「最初の頃《ころ》は、あんなに毛嫌《けぎら》いしてたのに、今じゃずいぶん肩入《かたい》れするようになったな」

「話してみると、本当は良い人だってわかってきたから。助けたくなったの」

「コチュンらしいな。よし、今日はおれのおごりだ。好きなもの注文しろよ」

トギが景気よく言い放った途端、たちまちコチュンは上機嫌《じょうきげん》になった。

しかし、コチュンの脳裏《のうり》には、蓮華の宮にいるニジェナの姿が思《おも》い浮《う》かんでいた。

ニジェナは自分の正体を隠すため、ほとんど部屋から出ない。公務も外に出ずに行えるものをとトゥルムがうまく調整していた。だから、コチュンが暇《ひま》をもらって王宮を出る日は、一人で本を読んでいることが多い。それでも、自分がトギに愚痴をこぼすように、心情を誰にも打ち明けられない孤独《こどく》は、とても苦しいのではないだろうか。

コチュンが考えを巡《めぐ》らせていると、そういえば、とトギが声を弾《はず》ませた。

「秋分の日に、ピンザオ市で大きな牛相撲《うしずもう》の試合があるって知ってたか？　バンサ中から選抜《せんばつ》された横綱級《よこづなきゅう》の牛が、ぶつかり合って力比べをするんだ」

「そんな催《もよお》しがあるの？　全然知らなかった」

「そうだと思ったから、ちらしを持ってきた」

トギはコチュンに牛相撲の広告を手渡《てわた》した。バンサ国の娯楽《ごらく》といえば、牛相撲である。

それがどんなものかは、コチュンもよく知っていた。だが、秋分の日に行われる牛相撲は、コチュンが見たこともないような大きな規模の大会らしい。出店や興行もあり、町中がお祭《まつ》り騒《さわ》ぎになるようだ。トギはコチュンの反応をうかがい、おずおずと口を出した。

「なあ、もしよかったら一緒に……」

「このちらし、もらってもいい？」

コチュンが、トギの言葉を遮《さえぎ》って切り出した。

「公務で忙《いそが》しいニジェナ様に、おすすめしてみようと思うの。気晴らしにぴったりでしょ」

目を輝《かがや》かせるコチュンに、トギは自分の話を諦《あきら》め、仕方なさそうに笑った。

「いいんじゃないか。誘ってみろよ」

「ありがとう。そういえば、トギ、今何か言いかけたよね？」

「いや、おれの話はいいんだ。それより、うまくいくように頑張《がんば》れよ」

微笑《ほほえ》むトギに、コチュンは満面の笑《え》みで頷《うなず》いた。蓮華の宮に帰ったら、さっそくニジェナに話してみよう。彼がどんな反応をするのか、コチュンはワクワクした。


「牛相撲っ？　バンサ国に、牛相撲があるのかっ？」

牛相撲の話を聞いたニジェナは、わかりやすく興奮した。コチュンだけでなく、トゥルムでさえ驚《おどろ》かせるほどの豹変《ひょうへん》っぷりだ。

「その様子だと、牛相撲の観戦に誘うのは、正解のようだな？」

「観に行けるのかっ？」

「ああ、お前の女中が提案してくれた。お前があまりにも部屋に籠《こ》もりすぎてるから、少しは外に出る機会を作れとな。だから、公務の一環《いっかん》として牛相撲の観戦を考えている」

トゥルムが答えると、ニジェナは頬《ほお》を紅潮《こうちょう》させてコチュンの前に駆《か》け寄《よ》った。

「団子、ありがとう！　お前は最高だ！」

ニジェナはコチュンの両手を摑《つか》んで、ギュッと握《にぎ》りしめた。予想をはるかにしのぐニジェナの反応に、コチュンも笑いが止まらなくなってしまった。

「ニジェナ様も牛相撲がお好きなんですね」

「ユープーにも同じ催しがあるんだ。牛相撲は昔から観戦していたし、牛は大好きなんだ！」

ニジェナは待ちきれないと言わんばかりに飛《と》び跳《は》ねた。いつもの高貴な振る舞いが消え、子どものようにはしゃぐニジェナに、コチュンとトゥルムは、顔を見合わせて笑い出した。

「まさかこんなに喜んでもらえるなんて、思ってませんでした」

「まさに名案だったわけだ。それに、バンサ国の新皇后が、いつまでも国民の前に出ないのはまずいと思っていたからな。公務として観戦するのは、政治的な意味でも最適だ」

トゥルムも表情を和《やわ》らげ、コチュンに礼を言った。コチュンは自分の提案が、予想以上の成果をもたらしたことを感じて、ニジェナと一緒に飛び跳ねたい気持ちになっていた。

皇帝《こうてい》夫妻が牛相撲を観戦するという一報は、瞬《また》く間《ま》にピンザオ市内に広まった。ニジェナがバンサ国の皇后になって以来、民衆の前に姿を見せたのは婚礼の式典のみ。そのため、大会当日には、ニジェナ皇后を一目見ようと民衆が会場に押しかけ、ちょっとした騒ぎになっていた。

ほかの女中たちからその様子を聞いたコチュンは、ニジェナの身支度《みじたく》を手伝いながら心配を口にした。

「牛相撲の会場は満員だと聞いています。予想以上の混雑ですが、大丈夫《だいじょうぶ》でしょうか？」

「まぁ……護衛の兵士もいるし、問題ないだろう」

ニジェナは鏡の前から立ちあがると、化粧《けしょう》のでき栄えに満足して微笑んだ。

「どうだ、綺麗《きれい》か？」

「はい、今日もお美しいですよ」

「違《ちが》うよ、お前の仕立てたこの衣装だよ」

ニジェナは身に着けている衣装を眺《なが》めた。目の覚めるような黄色の生地《きじ》に、黒い紐《ひも》で絞《しぼ》りを利《き》かせ、本来よりも細身に見える工夫《くふう》がしてある。

「コチュンが仕立てる衣装はいつも見事だな。どこでこんな技術を身につけたんだ？」

「育った家が貧しくて、着るものを自分で作らないといけなかったので、自然と裁縫《さいほう》が得意になっただけなんです。おかげで、女中の仕事にもつけたんですが」

コチュンは、衣装を着こなすニジェナを見て、満足そうに頷いた。

「こんな裁縫でも、ニジェナ様のお役に立ててよかったです。今日もとても綺麗ですよ」

コチュンが自信をもって答えると、ニジェナは感慨深《かんがいぶか》げにコチュンに微笑みかけた。


ところが牛相撲の会場に着いてみると、コチュンもニジェナも、人の多さに驚いてしまった。牛相撲の土俵を囲むように、客席が階段状に広がっているが、入りきらない観衆が公道にまであふれていたのだ。皇帝夫妻の席は、土俵を見下ろせる特製のやぐらに用意されていて、この混雑からは隔絶《かくぜつ》されている。トゥルムは、民衆に手を振《ふ》りながら呟《つぶや》いた。

「まさか、ここまで注目を集めるとはな。お前もバンサの国民に手を振ってやれ」

トゥルムに耳打ちされ、ニジェナも民衆に手を振った。すると、割れんばかりの歓声《かんせい》が沸《わ》き起《お》こり、ニジェナは驚いて目を丸くした。王宮での事件や上皇からの冷たい仕打ちを経験していたので、バンサ国はユープーを憎《にく》む人ばかりだと思っていたのだ。

「こんなに大勢の人が、ユープーとの友好を歓迎《かんげい》してくれていたんだな」

「ああ。多くのバンサ国民が、ユープーとの和解を望んでいた。おれが皇帝に即位《そくい》できたのも、ユープーとの同盟締結《ていけつ》も、民衆の支持があったから実現できたことだ」

トゥルムはニジェナに教えると、再び民衆に手を振った。トゥルムの言葉と民衆の歓声に背中を押され、ニジェナも力強く民衆に手を振り出した。それでも、時折歓声に交じってニジェナに対する侮辱的《ぶじょくてき》な声が飛んでくる。やぐらの下には護衛の衛兵がついており、侵入者《しんにゅうしゃ》や襲撃者《しゅうげきしゃ》は入ってこられない。それでも、トゥルムは顔を曇《くも》らせた。

「ここにいる間は慎重《しんちょう》に動いたほうがいい。あの女中を連れてきて正解だったな」

トゥルムが忠告したとき、大きな歓声があがった。主役の牛たちが、土俵に現れたのだ。

「いつか、双方《そうほう》の国の牛で、牛相撲ができるようになると良《い》いな」

ニジェナは、己《おのれ》に対する罵声《ばせい》には耳を塞《ふさ》ぎ、歓声を浴びる牛たちを眩《まぶ》しそうに見つめた。

その頃、コチュンは会場の外に並ぶ食べ物の出店を急いで回っていた。バンサ国の庶民《しょみん》的《てき》なものが食べてみたいと、ニジェナに頼《たの》まれたのだ。コチュンはすでに抱《かか》えきれないほどの食べ物を持ちながら、遠くのほうで沸き起こる歓声を聞いた。

「おーい、コチュン！」

そのとき、誰かに呼び止められた。人垣《ひとがき》の向こうから、トギが手を振りながら駆け寄ってきたのだ。傍には、コチュンの知らない女の人がいる。

「トギも牛相撲に来てたんだ。その人はどなた？」

「職場の後輩《こうはい》だよ。ルマっていうんだ」

トギに紹介《しょうかい》されると、ルマはぎこちない挨拶《あいさつ》をした。

「コチュンさんのことは、妹みたいな子だって、トギさんから聞いてます」

「そうなんです。トギとは小さい頃からの付き合いで」

コチュンはルマに答えると、からかうようにトギを見た。

「休みの日に彼女とお出かけなんて、羨《うらや》ましい」

「ルマとはそんなんじゃないよ。ちょうどお互《たが》い予定がなかったから、牛相撲に誘ってくれたんだよ。な？」

トギに同意を求められ、ルマは少し不服そうに頷いた。どうやら、ただの仕事仲間と思っているのは、トギだけのようだ。コチュンは二人の微妙《びみょう》な関係に気づき、慌てて両手に抱える買い物袋を見せた。

「わたしは仕事で来てるの。急いで帰らないと怒られちゃう。だからもう行かなくちゃ。二人で牛相撲を楽しんでね！」

トギに素敵《すてき》な恋人《こいびと》ができるよう願いながら、コチュンは足早に去ろうとした。ところが、勢い余って通りすがりの人にぶつかってしまった。相手が体格のいい男性だったため、コチュンは跳ね飛ばされて地面に転がった。

「何やってんだよコチュン！　すいません、そそっかしい奴《やつ》で……」

トギがコチュンを抱《だ》き起《お》こし、ぶつかられた相手に謝った。しかし、その人はコチュンをじろりと睨《にら》むと、さっさと歩き去ってしまった。

「コチュンさん、大丈夫？」

ルマがコチュンの汚《よご》れた手を拭《ふ》き取ってくれた。幸い怪我もないし、ニジェナのお使いの食べ物も無事だ。しかし、コチュンは遠ざかっていく男を目で追い、首を傾げていた。

「あの人、どこかで見たことあるような……」

「なぁ、あの男、ちょっと怪《あや》しくないか？」

記憶《きおく》をたどっていたコチュンに、トギが耳打ちするように告げた。

「何も買おうとしないくせに、ずっとこの辺を歩き回ってる。しかも、牛が近くに来ても目も向けない。牛相撲の会場なのにだぜ？」

トギの言わんとしていることを察して、コチュンはごくりと生唾《なまつば》を飲んだ。


「遅《おそ》いぞ団子。牛相撲はとっくに始まってる」

皇帝夫妻の席に戻《もど》ったコチュンは、ニジェナのお叱《しか》りに迎《むか》えられた。やぐらの上には三人しかいない。ニジェナは民衆に見えない範囲《はんい》で身体を伸《の》ばし、牛相撲を思いっきり楽しんでいたようだ。そこに水をさす形になるが、コチュンは買い物途中《とちゅう》に見かけた、怪しい男の話をしなければならなかった。

「……確かに、少しでも危険な要素を感じるなら、用心するにこしたことはない。衛兵にそのことを伝えてこよう」

「わたしが伝えてきます。トゥルム様はここにいてください」

「いや、衛兵たちへの指示もあるから、わたしが行くほうがいい。それに、警備は万全《ばんぜん》とはいえ、不測の事態に対応できるようにしておかなければいけないからな」

トゥルムは励《はげ》ますようにコチュンの肩《かた》を叩《たた》き、やぐらの下に降りていった。残されたコチュンとニジェナは、難しい顔を突《つ》き合《あ》わせた。

「申し訳ありません……ややこしい事態にしてしまって」

コチュンの謝罪に、ニジェナは煩《わずら》わしそうに首を振った。

「ユープー国やおれへの反発は、最初からわかっていたことだ。それでも、いずれは民衆の前に出なきゃいけなかった。警備を固めるのは当然だろ」

「そういう意味じゃないです。ニジェナ様は平和のためにバンサ国に来てくれたのに、わたしの国の人が、ニジェナ様に悪意を向けるのが、申し訳なくて」

コチュンが告げると、ニジェナは意表を突かれて瞬きをした。

「……そんなことを言われるとは、思ってもみなかった」

「ごっ、ごめんなさい」

「お前が謝ることじゃない。確かに、罵詈雑言《ばりぞうごん》を浴びせられるのは最悪の気分だよ。けど、それぐらい覚悟《かくご》のうえだ。それに、想像していたよりユープーとの友好を喜んでくれる民衆がいることも知れた。悪いことばかりじゃないさ」

しかしニジェナがいくら言ったところで、コチュンの顔は沈《しず》んだままだ。ニジェナは仕方なくため息をつくと、コチュンの両肩《りょうかた》を摑んで、無理やり椅子《いす》に座らせた。

「おれは、大好きな牛相撲を観《み》て明るい気持ちになりたい。だから今は、辛気《しんき》くさい話はやめよう。お前も、おれと一緒に牛相撲を楽しめ。それならできるだろ？」

「……はい」

コチュンは笑顔《えがお》を見せて、買ってきた食べ物の説明をした。するとニジェナは、さっきよりも楽しそうに頷くのだった。

待ちに待った牛相撲は、ここ数年で一番と言えるほどの名勝負だった。体重別に階級がわかれており、軽い牛から重たい牛へと試合が進んでいく。太陽が傾《かたむ》いていくのと並行《へいこう》するように、土俵に伸びる牛たちの影《かげ》も大きさを増していった。

特に、今日の大トリを飾《かざ》る最重量級の試合は、闘技場《とうぎじょう》が揺《ゆ》れるほどの熱戦だった。西部から選抜された黒毛の牛と、東部から選抜された赤毛の牛の勝負である。用心して睨み合ったかと思えば、角を大きく振り回し、ぶつかり合って力を競《きそ》う。そのたびに土煙《つちけむり》が舞《ま》いあがった。

再三の力比べのあと、赤毛の牛が猛突進《もうとっしん》した。その瞬間《しゅんかん》、勝負が決する。黒毛の牛は赤毛の牛の気迫《きはく》に押され、踵《きびす》を返《かえ》して尻《しり》を向けたのだ。牛相撲は先に逃《に》げたほうが負ける。赤毛の牛が黒毛の牛を追いかけ、勝《か》ち誇《ほこ》るように吠《ほ》えた。

「やったぁ、東が勝ったぁ！」

思わず立ちあがって声をあげたコチュンは、隣《となり》を見てハッとした。ニジェナも同じように立ちあがり、拳《こぶし》を振りあげ飛び跳ねていたのだ。

「最高の試合だったな！」

ニジェナは声を弾ませると、コチュンの両手を掴んで振り回した。満面の笑みに押されて、コチュンも何度も頷いてしまう。

「はい、感動しました！　二頭ともよく踏《ふ》ん張《ば》りましたよねっ」

コチュンとニジェナは、手を繋《つな》いで踊《おど》るように飛び跳ねた。だが急に我に返ると、二人は手を離《はな》してはにかみ合った。

「悪い、調子にのった」

「こちらこそ、すみません」

コチュンの顔が、カッと熱くなった。はしゃいでいたとはいえ、男性と、しかも皇族の人と、友達のように手を取り合ってしまうとは。コチュンが礼儀《れいぎ》を欠いてしまった自分に反省していると、ニジェナがぽつりと呟いた。

「牛が好きなやつと話すことなんて、あんまりないから。つい浮かれてしまった」

謝るニジェナの横顔が、ほのかに恥《は》じらっていた。初めて見る表情にコチュンは目を丸くしたが、うっかり噴《ふ》き出《だ》してしまう。

「わたしも、ニジェナ様の楽しそうな顔が見られて嬉《うれ》しかったです」

アハハと笑うコチュンを見て、ニジェナはさらに顔を赤くした。

「二人とも、ずいぶん仲がよろしいようで？」

コチュンとニジェナの間に、トゥルムが割って入ってきた。その言葉に、ニジェナが慌てて反論しようとしたが、トゥルムはにやにやしたまま遮った。

「まあ怒るな。無事にすべての試合が終わってよかっただろ。わたしはこれから、勝者の牛に勲章《くんしょう》を授《さず》けることになっている。すまないが席を外すぞ」

「ニジェナ様はご一緒に行かれないのですか？」

コチュンがニジェナに尋《たず》ねると、ニジェナは少し寂《さび》しそうに答えた。

「土俵にあがれるのは、男だけと決まりがあるだろう」

コチュンは、あっ、と口を閉じた。自分はニジェナが男だと知っているけど、今の彼は皇后を演じているのだ。トゥルムがやぐらを降りると、コチュンはおずおずと切り出した。

「ニジェナ様も、土俵にあがりたかったですよね」

「いや、今日は大好きな牛を見ることができただけで満足だよ」

ニジェナはやぐらの柵《さく》に寄りかかり、土俵に残っている牛を見下ろした。コチュンも、その少し後ろから牛を見た。勝ち残った牛は、割れんばかりの声援《せいえん》を浴びている。コチュンがその牛を眩しそうに見ていると、ニジェナが言った。

「今日は、バンサ国に来てから一番楽しい日だった。連れてきてくれて、ありがとう」

ニジェナが、嬉しそうにコチュンの顔を真っ直ぐ見つめた。その表情があまりにも優しくて、コチュンは返す言葉がすぐには出てこない。

そのとき、二人の足の下から、大きな音が鳴《な》り響《ひび》いた。コチュンとニジェナは会話を止め、音の正体を探ろうとあたりを見渡《みわた》した。

「なんの音だ？」

音はなおも鳴り続けている。ニジェナがやぐらの下を覗《のぞ》き込もうとしたとき、バキッ！と、ひときわ大きな音が轟《とどろ》いた。その直後、コチュンの足元がぐらりと揺れた。

「団子っ、柱に摑まれ！」

ニジェナが叫《さけ》んだ瞬間、やぐらが傾き始め……皇帝夫妻の客席が、崩壊《ほうかい》していった。

観衆は悲鳴をあげて逃げ出した。しかし、やぐらの上にいるコチュンとニジェナに逃げ場なんてない。バキバキと倒《たお》れるやぐらに、必死にしがみつくのが精いっぱいだ。そのうえ、下を覗き込んでいたニジェナは、身体を支えきれず、やぐらから投げ出されかけている。

「ニジェナ様っ！」

コチュンが咄嗟《とっさ》にニジェナを摑んだ。だが、非力なコチュンではどうにもできない。コチュンはすぐさま柵を摑んでいた手を離すと、両手でニジェナの腕《うで》を握り直し、振り子のように引き戻した。鮮《あざ》やかな黄色い衣装が宙を泳ぎ、ニジェナはやぐらの中に飛び込んだ。しかし、その反動でコチュンが宙に投げ出された。

「コチュンっ！」

ニジェナが腕を伸ばしたが、コチュンは激しい衝撃《しょうげき》とともに落下した。すり鉢《ばち》状になっている土俵の淵《ふち》をごろごろと転がり、ようやく止まったときには、全身の骨が粉々になったかのような激痛に襲《おそ》われていた。それに、落ちたときに顔を擦《す》りむいたらしく、視界が赤く染まるほど、ポタポタと血が滴《したた》っていた。

「大変だ、女の子が落ちたぞ！」

客席から悲鳴が聞こえ、コチュンはふらふらと頭を持ちあげた。同時に、コチュンの心臓がドキリと跳ねた。土俵の中央に、赤毛の牛がいたのだ。やぐらが倒壊《とうかい》したことで錯乱《さくらん》状態になり、周りにいる牛飼いたちに襲いかかっていた。興奮した牛は、動くものに襲いかかる習性がある。コチュンはそのことを思い出し、息を殺して牛が落ち着くのを祈《いの》った。

だが、牛はコチュンに狙《ねら》いを定めると、大きく吠えて突進《とっしん》してきた。コチュンは逃げたくても激痛のせいで身動きが取れない。観客たちから悲鳴があがる。コチュンは己の死を覚悟し、ギュッと目をつむった。

「こっちだ！」

そのとき、ニジェナが倒壊したやぐらから飛び降り、口笛を吹いて牛を呼んだ。やぐらの破片《はへん》で黄色い衣装を引き裂くと、裂いた衣装の切《き》れ端《はし》を大きく振り回して牛に迫《せま》ったのだ。すると、一瞬《いっしゅん》だけ牛が勢いを緩《ゆる》め、角の矛先《ほこさき》をニジェナに代《か》えて走り出した。観客が息を呑むなか、ニジェナは紙一重で牛の突進を避《さ》け、もう一度口笛を吹いた。

「さあ、追ってこい！」

ニジェナは衣装の裾《すそ》を持ちあげ、背を向けて駆け出した。牛は引き寄せられるかのように、再びニジェナを追いかける。だが、牛が向きを変えるために減速した隙《すき》を見て、牛飼いたちが投げ縄で牛の首を捕《とら》えた。次々に牛飼いたちの投げ縄が飛び交《と》《か》い、押さえつけられた牛はものの見事に土俵から退場した。

残されたのは、ボロボロの女中と、土埃《つちぼこり》にまみれた皇后だけだ。

「ニジェナ様……」

コチュンは呟くと、ばたりと倒れてしまった。ニジェナはあがった息のままコチュンに駆け寄ろうとしたが、それより先に、客席から一人の男が飛び込んできた。

「しっかりしろ、コチュン！」

男はコチュンに駆け寄ると、大事そうに抱《だ》き起《お》こした。

「おれだよ、トギだ。わかるか？」

男の問いかけに、コチュンはぐったりと頷いた。やがて、客席がざわざわと騒ぎ始めた。

「ニジェナ皇后様が、女の子を助けたぞ」

暴れ牛を鎮《しず》めたニジェナに、バンサ国の人々が称賛《しょうさん》の言葉を口にしたのだ。牛相撲の牛たちを称《たた》えるように己へ向けられた眼差《まなざ》しに、ニジェナは驚いた。

「ニジェナ皇后様は、この国の英雄《えいゆう》だ！」

「ニジェナ皇后陛下、万歳《ばんざい》！」

歓声が沸き起こるなか、土俵の中に大勢の衛兵たちがなだれ込んできた。その先頭に、顔を上気させたトゥルムがいるのを見て、ニジェナは慌てて駆け寄った。

「大変だトゥルム、団子がひどい怪我《けが》を……」

ところが、助けを求めたニジェナに、トゥルムはいきなり口づけをした。あまりにも突《とつ》然《ぜん》の行為《こうい》に、ニジェナは目を白黒させて動揺《どうよう》した。だが、客席にいるバンサ国民は、皇帝夫妻の熱烈な接吻《せっぷん》に、ひときわ大きな歓声をあげるばかり。ニジェナはそれにも驚き、慌てトゥルムをはねのけようとした。だが、トゥルムの腕にがっしり押さえつけられ、身動きが取れない。

「トゥルムなんのつもりだっ、こんなことしている場合じゃ……」

「ばか、周りをよく見ろ」

トゥルムはニジェナに耳打ちし、目線を客席に向けた。

「女中を助けたお前を、バンサ国民は英雄視している。わたしたち皇帝夫妻が、バンサ国民に認められる好機だ！」

トゥルムの興奮した様子に、ニジェナは半信半疑のまま客席を見た。そこには、トゥルムと抱擁《ほうよう》する自分を、万雷《ばんらい》の拍手《はくしゅ》で祝福するバンサ国民たちがいた。しかも、彼らの声援は今までにないような高揚感に満ちている。ユープー国への敵対心を、こんな形で払拭《ふっしょく》できる機会なんて、二度と訪《おとず》れないだろう。

「ここで、おれたちの仲睦《なかむつ》まじい姿を見せれば、バンサ国民の意識も変わるのか」

ニジェナは、視界の隅《すみ》に傷ついたコチュンを捉《とら》えながら、奥歯《おくば》を噛《か》みしめた。自分を庇《かば》って怪我をした彼女のもとに駆けつけたい。だが、今は己の使命を全うするべきときだ。ニジェナはトゥルムの首に手を回し、無機質な口づけを返した。すると二人の予想通り、客席からは割れんばかりの歓声が沸き起こった。

「トゥルム陛下、ニジェナ皇后陛下、ばんざい！」

「バンサ国とユープー国、ばんざーい！」

だが、その様子に難色を示したものがいた。コチュンを抱きかかえたトギが、抱擁する皇帝夫妻を睨みつけていたのだ。

「コチュンが大変だっていうのに、いちゃつきやがって……最悪の夫婦《ふうふ》じゃねえか」

トギが吐《は》き捨《す》てるように言ったが、コチュンは霞《かす》んでいく視界の中に祝福の声を受けるニジェナを見つけ、胸を撫で下ろしていた。


コチュンは王宮の医局に運び込まれ、怪我の処置を受けた。左腕を骨折し、全身打撲《だぼく》、顔に擦《す》り傷《きず》と、満身創痍《まんしんそうい》である。医者はしばらく女中の仕事はできないだろうと告げた。確かに、顔の半分を隠す包帯は、女中というより負傷兵だ。

「診療中《しんりょうちゅう》にすまない、人払《ひとばら》いを頼めるか？」

すると、声とともに医局の扉《とびら》が開かれた。現れたのは、トゥルムとニジェナだ。

「いっ、いけません陛下、このような場所に来られては……」

「彼女は皇后付きの女中なんだ。倒壊するやぐらから皇后を守って怪我をした。その見舞《みま》いに来るのは当然だろう」

トゥルムは医者たちを強引《ごういん》に追い出した。三人だけになると、ニジェナが口を開いた。

「お前、横になってなくていいのか？」

「痛み止めを飲ませてもらったので、大丈夫です」

「嘘《うそ》はやめろ、まだふらふらしてる。こんな大きな怪我で、平気なわけがない」

ニジェナはコチュンの虚勢《きょせい》を見抜《みぬ》くと、コチュンの顔にそっと触《ふ》れた。その目は真っ赤に充血《じゅうけつ》していて、今にも泣き出しそうだ。

だが、先に涙《なみだ》をこぼしたのはコチュンだった。

「……お医者様の話では、傷痕《きずあと》が残るかもしれないそうです……」

一度堰《せき》を切ってしまうと、あふれてくる涙は止めようがなかった。コチュンは顔の包帯を触《さわ》った。自分の容姿に自信があるわけではないが、ほかのどこを怪我するより、顔に傷が残るのはやっぱり辛かった。こんな女々《めめ》しい自分を、一人で頑張るニジェナには見せたくないのに、強がりを見透《みす》かされてしまうと、辛抱《しんぼう》できなくなってしまう。コチュンが声を詰《つ》まらせ泣き出すと、ニジェナは膝《ひざ》をつき、頭を下げた。

「お前の怪我はすべておれの責任だ。申し訳なかった」

ニジェナの目からも涙がこぼれたのを見て、コチュンは驚いた。だが、ニジェナは涙を拭《ぬぐ》うよりも先に、コチュンへの感謝を口にした。

「やぐらが倒壊したとき、おれはお前に助けられた。仮におれがやぐらから落ちていたら、今頃《いまごろ》は医者の前で身包《みぐる》みをはがされ、おれが男だということが明るみに出ていたはずだ。その意味でも、おれはお前に窮地を救われたんだ」

ニジェナが口を閉じると、その隣にトゥルムが並んだ。

「わたしからも言わせてくれ。君のおかげで、バンサ国中にニジェナの存在を好意的に見せることができた。だが結果として、君を利用する形になってしまった。すまなかった」

ニジェナとトゥルムに頭を下げられ、コチュンは痛みも忘れるほど恐縮《きょうしゅく》してしまった。

「頭をあげてください。ここに来るまで、幼馴染《おさななじ》みに付《つ》き添《そ》ってもらっていたんです。会場で起きたできごとは、その彼から聞きました。ニジェナ様を助けられて、わたしもよかったと思っているんです」

「本当に？　後悔《こうかい》してないか？」

それでもニジェナが心配するので、コチュンの中に、ちょっとした悪戯心《いたずらごころ》が芽生えた。

「こんな怪我をしてしまったので、お給金を増やしていただけたら嬉しいです」

「そんなもの、今すぐ三倍にしてやる。怪我の治療代《ちりょうだい》だって払うし賠償金《ばいしょうきん》も出す」

ニジェナは即答《そくとう》すると、トゥルムを振り返って強く迫った。

「そうだよな？」

「あ、あぁ」

「あとは、何が望みだ？　なんでも言え」

ニジェナはコチュンを促《うなが》した。強気に尋ねているのに顔は蒼白《そうはく》で、腹の底では後悔が渦《うず》巻《ま》いているのが丸見えだ。それほどまでに、ニジェナはコチュンの怪我に責任を感じているらしい。いつもの彼は尊大に振《ふ》る舞《ま》っているけれど、本当は、牛相撲ではしゃいだり、女中の怪我に大慌《おおあわ》てしたりする、年相応の優しい青年なのだとわかってきた。そんな彼が、どうして性別を偽《いつわ》ってまで身代わりを務めているのだろう。

だから、コチュンは思い切って尋ねた。

「それじゃ、ニジェナ様のことを教えてください。両国の同盟を維持《いじ》するために、偽装結《ぎそうけっ》婚《こん》の代役をしているあなたは、何者なんですか？」

「おい、さすがに調子にのりすぎだ」

トゥルムが割って入り、コチュンを制した。ところが、ニジェナがトゥルムを遮った。

「トゥルム。団子は命を懸《か》けておれを救ってくれたんだ。だから、おれは団子に誠意を示さなきゃならない」

「何を言っている、それが危険なことだと、お前もわかっているだろう」

「こいつは信頼できる相手だ。団子には、真実を話す」

ニジェナの言葉は強かった。どうやっても彼の考えが変わらないとわかると、トゥルムはニジェナの傍から数歩下がり、周囲に誰もいないのをもう一度確認《かくにん》してから腕を組んだ。

それが了承《りょうしょう》の合図となり、ニジェナはコチュンに向き直った。

「おれの名前は、オリガ。ユープー国王と、ニジェナ王女の弟。ユープー国の王弟だ」

その告白に、コチュンは息が止まりそうなほど驚いて、診察台《しんさつだい》から転げ落ちそうになった。すんでのところで褐色《かっしょく》の腕が伸びてきて、コチュンの身体をがっしり摑んだ。コチュンはその腕にしがみつき、震《ふる》えながら彼を見あげた。

「ユープー国の、お、王子様？」

「兄上が国王に即位しているから、おれはもう王子ではないけど」

オリガは照れくさそうに答えたが、コチュンは面食らってしまって、まともに話せなかった。でも、思い返せば彼の振る舞いには気品があり、粗暴《そぼう》な面もあるけれど、それを覆《くつがえ》すほどの知性と思慮《しりょ》深さを見せつけられることもあった。それが、庶民にできない行為だと、もっと早くに気づいても良かったぐらいだ。

でも、ユープー国の王子様だった人なんて、夢にも思うわけがない。

「ニジェナ……じゃなくて、オリガ様は、王族の方なのになぜ政略結婚の代役を？」

やっとしゃべれるようになったコチュンは、彼の正しい名前を口にした。すると、オリガは名前を呼ばれたことに驚き、頰を赤らめつつ答えた。

「本物のニジェナとおれは双子《ふたご》の姉弟《きょうだい》だ。容姿だけなら、兄上でも間違《まちが》えるほど似てる。だから、ニジェナがどうしてもバンサ国に行きたくないと言い出したとき、両国の関係にひびを入れないためには、おれが行くしかなかったんだ」

肩を落としたオリガを見て、コチュンは彼の置かれていた状況を想像した。彼は、差別や憎悪《ぞうお》が待っているバンサ国から、双子の姉を守ろうとしたのではないだろうか。コチュンが勝手にそう解釈《かいしゃく》すると、トゥルムが深々とため息をついた。

「まったく、困った話だ」

「で、でも、トゥルム様は最初からご存じだったんですよね？　オリガ様が偽装結婚の代役を務めることに、反対しなかったんですか？」

コチュンがトゥルムに質問をぶつけると、トゥルムは渋々《しぶしぶ》といった風に答えた。

「オリガとは、子どもの頃に会ったことがあってな。まあ、休戦協定を兼《か》ねた、王族同士の交流というやつだ。だが、大人たちは相手を敵国の人間と見なし、日々いがみ合うばかり。わたしは双方の王族に失望したが、このオリガだけは違った」

トゥルムは答えながら、オリガの金髪頭《きんぱつあたま》をわしわし撫《な》で回した。初めて見る親しげな振る舞いに、コチュンは目を丸くした。

「やめろって、おれはもう子どもじゃないっつーの！」

「わたしから見たら、まだまだガキだ。だが、志《こころざし》をともにするこいつと意気投合し、親たちの目を盗《ぬす》んで、我々は友情をはぐくんだ。将来、自分たちが国を治める代になったら、必ず今の関係を改善し、国のために協力し合おうと約束した」

トゥルムはそう締めくくると、オリガの背中をバシンと叩いた。

「オリガは、約束を果たそうとしてくれた。わたしがその覚悟を断るわけがない」

「おれも、相手がトゥルムなら事情をわかってもらえる確信があったんだ。同盟を締結するために、何が何でも政略結婚は成功させなくちゃならなかったから」

オリガは一通り話し終えると、また表情を曇らせた。

「けど、そのためにお前を巻き込んでしまって、今は申し訳ないと思っている」

オリガは再び頭を下げた。だが、今度はコチュンは恐縮しなかった。

「つまり、わたしは異国の王子様を助けたことになるんですね」

「そうだよ、お前はおれの恩人だ」

オリガが即答すると、コチュンは自分で言い出したくせに、頬を赤くしてはにかんだ。

その姿に、どうしてかオリガまで恥ずかしくなってしまった。

すると、二人を後ろから見守っていたトゥルムが、大きなため息とともに告げた。

「女中の無事を確認できたし、わたしたちの確執《かくしつ》も解消できたな？」

「ああ、いろいろとありがとう、トゥルム」

「女中への給金については、早急《さっきゅう》に対応しておく。また別に困ったことがあれば伝えてくれ」

トゥルムはそう告げると、仕事があると言い残して部屋を出て行った。

残されたコチュンは、急にオリガと二人きりになって困ってしまった。なにしろ、オリガは異国の王族。今までのように接していいのか、わからなくなってしまったのだ。

「顔の傷痕《きずあと》、どれくらい残るのか聞いたか？」

おもむろに、オリガが尋ねてきた。急に黙《だま》り込んだコチュンを心配したようだ。

「砂でこすってしまったので、皮膚《ひふ》の色が少し変色する程度みたいです。でも、王子様を救った証拠《しょうこ》だと思えば、名誉《めいよ》の負傷です」

「だから、嘘はやめろと言っただろう」

オリガはそう言うが、これは強がりではなく、本当にオリガを助けられて良かったと思っている。コチュンが本心を伝えようとすると、オリガがコチュンの顔に触れてきた。

「お前の顔に傷を残してしまったのは、おれの責任だ」

オリガは目を閉じると、緊張《きんちょう》で強張《こわば》ったコチュンの顔に、そっと唇《くちびる》を近づけた。

「なっ、何するんですかっ！」

コチュンは頭が真っ白になって、夢中でオリガを殴《なぐ》り飛ばした。コチュンが我に返ると、オリガは頬を押さえて茫然《ぼうぜん》としていた。

「ごっ、ごめんなさいっ、つい、手が出てしまいましたっ」

「団子っ、お前、いきなり何するんだよ！」

コチュンは自分の行為を反省したが、オリガの物言いに顔をしかめた。

「それはこっちの台詞《せりふ》です。急に口づけしようなんて、何考えてるんですかっ。皇族だってダメなものは、ダメなんです！」

コチュンが顔を真っ赤にして怒鳴《どな》り返すと、オリガはきょとんとした顔をした。

「どういうことだ？」

「どういう……って」

コチュンは答えに迷ってしまった。まさか、口づけの意味が伝わらないなんて。コチュンが困っていると、オリガが申し訳なさそうに言った。

「ユープー国では、自分を守るために傷を負った人に、感謝の気持ちを伝える仕来《しきた》りとして、傷の上に口づけをする風習があるんだ。バンサ国にはそんな風習がないのか？」

「あるわけないじゃないですか。バンサ国での口づけは、特別な関係の人間同士で行う、愛情表現みたいなものです。オリガ様も、牛相撲の会場でトゥルム様としてたでしょう？」

「あれは演技だ！　なんとも思ってない相手との口づけなんて砂の感触《かんしょく》しか覚えてない」

ようやく口づけの意味を理解したのか、オリガは慌てて頭を下げた。

「失礼なことをしてすまなかった。許してくれ」

「まあ、しょうがないです。未遂《みすい》ですし」

「おれの国でも、恋人同士が口づけを交わすことはある。でも誤解しないでくれ、おれには恋愛《れんあい》感情や下心は一切《いっさい》ない。今のは、おれの国の、礼儀の一種なんだ」

必死に弁明するオリガのせいで、コチュンまで決まりが悪くなってしまった。恥ずかしいやらおかしいやらで、感情の振《ふ》れ幅《はば》が激しかったせいなのか、コチュンの骨折している腕に痛みが走った。コチュンが思わず声を漏《も》らしたので、オリガも表情を一変させた。

「痛むのか？」

「調子にのりすぎちゃったみたいです。でも大丈夫、しっかり固定されてますから」

「そうか……なあ、感謝の口づけ、せめて手になら、してもかまわないか？」

真剣《しんけん》なオリガの申し出に、コチュンはほかに選択肢《せんたくし》がなく、頷き返した。

「まあ、手になら……」

オリガは嬉しそうに微笑むと、コチュンの手の甲《こう》にそっと唇を近づけた。たった今、恋愛感情も下心もないと確認したばかりなのに、コチュンは沸騰《ふっとう》するような熱が全身に広がるのを感じてしまった。できることなら、このままオリガに顔を見られず消え去りたい。自分がどんな表情をしているかなんて、想像もできなかった。

それから数週間、コチュンは怪我の療養《りょうよう》に専念するため、暇をもらってトギの宿舎に身を寄せた。幸いにも、王宮で受けた治療のおかげで、怪我の回復は順調だ。でも、コチユンの顔には、傷の形にシミのような傷痕が残ってしまった。

「皇后の女中なんか辞《や》めちまえ、こんな危険な仕事に就《つ》く必要ないだろ！」

トギは毎日のようにコチュンを説得してくる。コチュンが怪我をしたあの事故は、反ユープー派による皇帝夫妻の暗殺計画だと決めつけているようだ。確かに、やぐらの倒壊がただの事故だったとは言いきれない。トギが心配するように、また事件が起きる可能性もある。

しかし、コチュンは怪我の具合が良くなると、すぐに王宮に戻ることにした。本当に皇帝夫妻が狙われているのなら、オリガを一人にはしておけなかったのだ。

予定より早く復帰したコチュンに、蓮華の宮の女中たちは大喜びだった。コチュンが留守にした数週間で、皇后の部屋が、目も当てられないような大惨事《だいさんじ》になっていたのである。

「お、おかえり、団子。ずいぶん早く戻ったんだな」

病《や》みあがりのコチュンを、オリガが恐《おそ》る恐《おそ》る出迎《でむか》えた。部屋には読み終えた本が積み重なり、脱《ぬ》いだ衣装や置きっぱなしの食器がそのままになっていた。汚れや埃《ほこり》が放置されている惨状《さんじょう》を見たコチュンは、おどおどしているオリガを問い詰めた。

「オリガ様、この部屋で牛相撲でもさせたんですか？」

「お、おれは、自分で部屋を掃除《そうじ》しようとは思ってたんだ」

「それで、どうしてこんなに散らかるんですか⁉」

コチュンが怒鳴りつけると、オリガは悲鳴をあげて片付け出した。

コチュンはひとしきり掃除の仕方を教えると、オリガと一緒に取りかかった。でも、素《す》直《なお》に従うオリガを不思議に思い、コチュンは掃除の手を止めた。

「オリガ様、なんだか楽しそうですね」

「団子が戻ってきてくれて、嬉しいんだよ」

オリガの答えを聞いたコチュンは、手の甲に口づけされた瞬間を思い出して、恥ずかしくなってしまった。オリガはオリガで、コチュンの顔に残った傷痕を気にしているらしく、コチュンの様子を盗み見ていた。コチュンは自分を奮い立たせるため、オリガに告げた。

「わたしは大丈夫ですから、掃除に集中しましょう！」

オリガは軽い返事をすると、積み重ねた本を抱えて本棚《ほんだな》に運んだ。しかし、本を本棚に仕《し》舞《ま》いながら、再びコチュンを振り返った。

「団子が療養した場所、あの幼馴染みの家なんだろ？　あの幼馴染みって、お前の恋人か？」

「そんなわけないじゃないですか。ただの幼馴染みですよ」

コチュンはおかしくなって噴き出した。すると、オリガは気の抜けた返事をした。

「ふーん、幼馴染みかぁ」

彼の薄《うす》い反応に、コチュンはいまいち要領を得られない。久しぶりに会ったオリガは、前よりよくしゃべる。だけど、異国の王族でもこんな他愛のない会話ができるのだと、コチュンは嬉しくなった。

「そういうオリガ様は、ユープー国に恋人はいるんですか？」

「いねえよ、そんなもん。おれは昔から一人でいることが多かったから」

オリガは答えると、雑巾《ぞうきん》を絞りながら語り始めた。

「おれはガキの頃から、家畜《かちく》小屋に寝《ね》泊《と》まりするほど動物が好きだったんだ。王子のくせに、動物臭《くさ》いって揶揄《からか》われて、同じ年頃《としごろ》のやつは近寄ってこなかったよ」

「だからオリガ様は、牛の扱《あつか》いが上手なんですね」

オリガが自虐的《じぎゃくてき》に語った話に、コチュンは感心して声をあげた。牛相撲の会場で、オリガは暴れ牛からコチュンを救ってくれた。よっぽど牛に慣れていないとできない芸当だ。

コチュンが目を輝かせると、オリガは照れくさそうに微笑んだ。

「これでも、動物の学者を目指して勉強していたんだ。成人と同時に王族の地位を捨て、学問に没頭《ぼっとう》しようと考えてた……でも、バンサ国とユープー国の同盟を守るため、自分の夢は捨てた」

オリガがきっぱり言いきると、コチュンは思わず首を振ってしまった。

「オリガ様なら、今からでも学者さんになれますよ」

「それはどうかわからない。できるなら、また学問を志したいよ」

オリガは口を閉《と》ざすと、寂しそうに肩を落とした。コチュンは、そんなオリガが可哀《かわい》そうで居たたまれなくなった。

「オリガ様は、いつまでバンサ国の皇后を演じるつもりですか？　役目を終えたら、国に帰れるんですか？」

「役目が終わるのは、おれがいなくても両国の同盟が維持できるとなったときだ。でも、その前に正体がバレて、処刑《しょけい》されるほうが先かもしれない」

「そんな縁起《えんぎ》でもないこと言わないでください」

コチュンが眉《まゆ》をひそめると、オリガはおかしそうに言い直した。

「もし、何事もなく両国の関係が熟したら、おれは死んだふりでもして、バンサ国から抜け出すつもりだ」

「じゃあ、そのときは、わたしが手助けしますね」

コチュンがかけた言葉に、オリガは目を丸くした。

「また厄介事《やっかいごと》に首を突っ込む気か？　今まで以上に危ない目に遭《あ》うぞ？」

「わたしは、助けを必要としている人がいるなら、助けたいだけです。たとえ相手が親友でも、嘘をついている皇后様でも、わたしにできることなら、手を貸します」

コチュンは、励ますつもりでオリガの手に触れた。すると、オリガもコチュンの手を握り返してくれた。コチュンの小さな白い手に、オリガの大きな褐色の手が重なった。

「もう、十分に助けられた」

オリガが柔《やわ》らかく笑うと、コチュンは照れくさくなって視線を逸《そ》らせた。また手に口づけをされた記憶が甦《よみがえ》る。コチュンは恥ずかしがる自分を誤魔化《ごまか》すために、再び掃除に戻ろうとした。だが、雑巾を絞ろうとしたとき、腕に鋭《するど》い痛みが走った。

「無理するな、痛みがひどいなら、王宮の医局へ行って診《み》てもらえ」

オリガがコチュンの異変に気づき、雑巾を取りあげて言った。

「これくらい平気ですよ」

「だめだ、行って帰ってくるまで仕事はさせないぞ」

オリガの口調は強いが、言葉の端端《はしばし》から優しさがにじみ出ている。コチュンは笑顔で頷き、皇后の部屋をあとにした。初めてオリガとわかり合えたような気がした。それが嬉しくて、蓮華の宮を出るコチュンの足取りは軽かった。

コチュンが医局のある棟《とう》に入ると、若い女中たちの集団に出くわした。そのなかに苦手な女中がいるのに気づいて、コチュンは思わず顔をしかめた。

「あら、誰かと思えば、皇后様付きの女中、コチュンじゃない！」

相手もコチュンに気がつき、嫌味《いやみ》ったらしく高飛車な声を響かせた。リタという名前の、コチュンより一つ年上の先輩《せんぱい》だ。父親がバンサ国軍の要職に就いているとかで、ほかの女中たちよりも偉《えら》いと思い込んでいる、一癖《ひとくせ》ある女だった。

コチュンはリタに関わりたくなくて、そそくさと立ち去ろうとした。ところが、リタの隣に親友のムイがいるのを見つけ、コチュンは思わず足を止めた。

「ムイ、久しぶり」

ところが、ムイはコチュンを一瞬見ただけで、すぐに顔を背《そむ》けてしまった。すると、リタやほかの女中たちが、くすくすと笑い出した。

「その顔、すごい不細工。新米のくせに皇后様の女中になるから、バチが当たったのよ」

リタはコチュンの顔を指さして、さらに酷《ひど》くののしった。ムイは何も言わないが、リタの話に合わせて頷いている。

「ムイ……」

コチュンは目の前の光景が信じられなくて、もう一度ムイに話しかけようとした。ところが、リタやほかの女中たちが、あからさまにコチュンをやじり始め、ムイはコチュンに背を向けてしまった。いてもたってもいられず、コチュンは逃げるように走り出していた。

腕の痛みがさらにぶり返してきたが、それよりも親友を失った痛みのほうが辛かった。

無我夢中《むがむちゅう》で走るうち、コチュンは紫色《むらさきいろ》の服を着た衛兵に止められた。

「おい、王宮内を走るな」

コチュンは彼の顔を見て凍《こお》りついた。

その衛兵は、牛相撲の会場でぶつかった、不審《ふしん》な男だったのだ。

「君は……」

衛兵も、コチュンを見て表情を変えた。コチュンは反射的に顔を背けて踵を返した。心臓が、さっきとは違う意味で脈打っている。牛相撲の会場にいた不審な男が、王宮の衛兵だったなんて想像もしなかった。衛兵は、コチュンが牛相撲の会場でぶつかった少女だと気づいただろうか。コチュンは不安を抱えながら、急いで蓮華の宮に引き返すことにした。

このことを、早くオリガに伝えなければならない。


同じ頃、王宮の会議室では、トゥルムが膨大《ぼうだい》な量の書類に目を通していた。皇帝であるトゥルムは、バンサ国のあらゆることに政治的判断をくださなければならない。独断で可否をつけるのは簡単だが、先代皇帝の独裁的な治世を払拭《ふっしょく》するため、トゥルムは頻繁《ひんぱん》に議会を開き、地方領主たちを招集して国中の意見を集めていた。しかし、そのやりかたでは時間がかかる。議会が終わる頃には、トゥルムはいつも激しい疲労《ひろう》を覚えていた。

「お疲《つか》れのようですね、陛下」

するとトゥルムの様子を見た国務大臣が、温かいお茶を差し出してくれた。

「ありがとう大臣、わたしが未熟者のせいで、君も疲れただろう」

「とんでもない、陛下は素晴《すば》らしい君主です。先代の時代からは考えられないほど、良い改革を打ち出されました。民《たみ》からの意見を聞くことで、我々が見落とした問題が浮《う》き彫《ぼ》りになり、民のための政策が作れます」

「だが、そうは思わない連中もいる」

トゥルムは顔を曇らせると、円卓《えんたく》の奥に座る官吏《かんり》たちを見た。彼らはガンディクの支援《しえん》を受けた貴族の称号《しょうごう》をもつ者たちで、商売に出資し巨万《きょまん》の富を築いている。トゥルムの治世には難色を示し、民のための政策にも否定的だ。特に、ユープー国との同盟締結には反対の立場を示し、外交問題が進展しそうになると横やりを入れてくる。ユープー国との同盟を結ぶにも、人質《ひとじち》としてニジェナ姫《ひめ》を嫁《とつ》がせるように要求したのも、彼らだった。

トゥルムの視線に気づいた貴族らが、値踏《ねぶ》みするようにトゥルムに言った。

「陛下、そろそろ居城にお戻りになられたほうがよろしいのでは？　人質の姫があなたを待っているのでしょう」

このように、皇帝の妻を軽《かろ》んじて呼び、トゥルムや国務大臣など、ユープー国に親和的な立場をとる一派を見下してくる。彼らの背後にはガンディクが控《ひか》えているので、臆《おく》することなく狼藉《ろうぜき》を働くのだ。

「ユープーの姫を娶《めと》ってからずいぶん経《た》ちますが、お子はまだできないのですか？」

貴族たちがトゥルムに話題を振ると、国務大臣が反論した。

「子どもは神からの授かりものです。その話に、我らが口を出すべきではありません」

「そうは言っても、トゥルム陛下には一刻も早くお世継《よつ》ぎを作っていただかなければなりません。次の皇帝になられる方なのだから、バンサ国にとって重大な問題でしょう」

「しかし我らバンサ人の民意としては、バンサ生まれの正妻をお迎えになり、生粋《きっすい》のバンサ人のお世継ぎを産んでもらいたいですな」

「いくらなんでも、言葉が過ぎますよ！」

国務大臣が貴族たちを黙らせようとしたとき、トゥルムがそれを制した。

「わたしの子が即位するとき、その時代の上皇はわたしになるだろう。おそらく、今のバンサとはまったく違う国になるはずだ。その意味が、お前たちにわかるか？」

トゥルムが目指す国では、憎しみによって民を治めようとする人間はいなくなる。いずれ、ガンディクの権力もなくなるのだ。

「わたしの国の敵は他国ではない。身うちにはびこる、他人の命を何とも思わない連中だ。お前たちも、身の振りかたをわきまえておいたほうが良いぞ」

すると、傲慢《ごうまん》に振る舞っていた貴族たちが悔《くや》しそうに黙った。トゥルムも無意味な応《おう》酬《しゅう》が収まり、肩の力を抜いた。とはいえ、今の偽装結婚では子どもなんて授かろうはずもない。トゥルムの服の下に、嫌な汗《あせ》がにじんでいた。

そのとき、会議室の扉が急に開かれた。

「バンサ国のための話をしているかと思えば、若造が自己陶酔《とうすい》なんぞしおって」

ガンディクがエルスを伴《ともな》って現れたのだ。トゥルムに言い負かされた貴族たちが、嬉々《きき》としてガンディクを迎えた。父親の権力の大きさを見せつけられ、トゥルムは唇を噛む。

「父上、会議の最中に何用ですか？」

「わしの計画した公共事業が、どうなっているのか確かめに来た」

ガンディクは地方領主たちを睨みつけた。ガンディクの進める公共事業は、地方の若者を帝都《ていと》に集め、新たな砦《とりで》を築こうとするものだった。だが、土地の働き手がいなくなるのは困るという地方領主たちの反対意見を受けて、トゥルムが凍結《とうけつ》したのだ。

「そのことは先日、理由をお伝えしたはずです。民のためにならない事業は行わないと」

「それはお前の感想だろう、新たな砦を必要とする者たちは、ここにいる」

ガンディクは、自分と懇意にする貴族たちに笑いかけた。彼らの目論見《もくろみ》は、労働力として集められた若者に金を使わせることだ。帝都の人口が増えれば、そこで事業を起こしている貴族たちが儲《もう》かる仕組みになっている。トゥルムは、彼らの真意を知って、要望を却下《きゃっか》した。

「必要な砦などありません。それより解決するべき問題はほかにあります」

「それはどうかな。もうすぐ戦争が始まるかもしれないというのに」

聞き捨てならない台詞に、トゥルムは表情を変えた。

「どういうことですか」

「わしがユープー に送り込んだ密偵《みってい》から、知らせが届いた。去年、ユープー国で火山が噴《ふん》火《か》し、その被災《ひさい》状況《じょうきょう》が予想以上に深刻らしい」

「そのことはすでに承知です。ですから、救援《きゅうえん》物資を送り復興を援助《えんじょ》しています」

「だが、我らが恵《めぐ》んでやった施《ほどこ》しを、ユープーの連中は獣《けもの》のように奪《うば》い合っているそうだ。食いはぐれたユープー人たちが、次に襲いかかるのはどこだと思う？」

「まさか、我が国に攻め込むつもりじゃ……」

ガンディクの話に、貴族たちが震えあがった。

「ユープー国が攻めてくる前に、我々も防御《ぼうぎょ》を固めるべきだ！」

「むしろ、ユープー国が内輪揉《も》めをしている間に、攻め滅《ほろ》ぼしてしまえばよいのでは」

貴族たちから戦争を求める声が出てくると、トゥルムは慌てて彼らを抑えた。

「そうならないために、ユープー国と同盟を結んだのだ。再度、支援を申し出よう」

「ですが、その支援は我らの生活の糧《かて》でもあります。陛下は、バンサ国の民の身を削《けず》ってまで、ユープーにいい顔をするおつもりですか？」

貴族たちの辛辣《しんらつ》な意見に、トゥルムは顔をしかめた。

「そうではない。過去の戦争では勝っても負けても大きな損害を負った。そんな歴史を、二度と繰り返さないように、助け合うことが大事なのだ」

力説するトゥルムに、ガンディクが白い目を向けて言い放った。

「ユープーの姫を娶ったことに、どんな見返りがある。あの女の利用価値はなんだ？」

「彼女は、我々が要求したから、両国のために嫁いでくれたのですよ。見返りを求めるなんて愚《ぐ》の骨頂《こっちょう》です。その彼女を侮辱することは、父上であっても許しません！」

「ほう、どう許さぬというのか？」

トゥルムはガンディクと睨み合った。たとえどんなに言葉を尽くしても、この父には響かないとわかっていた。すると、それまで黙っていたエルスが、二人の間に割って入った。

「兄上、おやめください。父上はバンサ国を心配するあまり、言いすぎてしまったのです」

「この国を心配するなら、恒久的《こうきゅうてき》な発展について考えるべきじゃないか？」

トゥルムは弟に同意を求めるように尋ねた。しかし、エルスは苦しそうに俯《うつむ》いた。

「……兄上の考えも父上の考えも、どちらも良いと思います」

エルスは幼い頃から病弱な体質で、父にも母にも守られて生きてきた。そのため、何に対しても自分の主張を述べることが苦手だ。トゥルムはそんな弟の気質を理解し、仕方がないとため息をついた。だが、弟の前でこれ以上の険悪な言い合いを見せるべきではない。トゥルムは踵を返すと、会議室から出て行った。

部屋に残ったのは、ガンディクを中心とする反ユープー派の貴族たちだ。

「我がバンサ国を元の強国に戻すために、みなの知恵《ちえ》を借りたい」

ガンディクが切り出すと、一人の貴族が鼻息荒《あら》く告げた。

「やはり、ニジェナ姫をバンサ国から追い出すことが急務と存じます。権威《けんい》あるバンサ皇族に、ユープーの娘《むすめ》など不必要です！」

「その通り、先日の牛相撲での一件以来、ユープーへの間違った認識《にんしき》がバンサ国民に広まっておる。あれは、我がバンサ国を毒する存在だ」

ガンディクが懸念《けねん》するのは、バンサの国民感情だ。ユープー国を敵に仕立てて、国中で団結させるほうが、国を治める者としては都合がいい。そのために、ユープー人のニジェナ皇后には、国民の敵であってもらわなければならないのだ。

「陛下、わたしからみなさまに重要な報告があります」

そのとき、貴族の一人が報告書を取り出し、ガンディクに差し出した。

「わたしが独自に入手した、ユープー王族の機密情報です。内通者によると、ユープー国のオリガ王弟が、ニジェナ姫とトゥルム陛下の婚姻以降、姿を見せていないそうです」

「その王弟は、ニジェナの双子の弟だったな」

「そうです。両国が同盟を結ぶ前、ニジェナ姫は政略結婚に反対していたそうですが、直前になって急に承諾《しょうだく》したのです。その裏に、このオリガ王弟の暗躍《あんやく》があったという噂《うわさ》が」

ガンディクは渡《わた》された報告書に目を通し、にやりと笑った。

「……なるほど、そういうことか」

ガンディクは歯をむき出しにして笑い出すと、報告書をぐしゃぐしゃに丸めた。


不審な男と出くわしたコチュンは、蓮華の宮に駆け戻るなり、オリガの部屋に飛び込んだ。オリガはすぐにコチュンが戻ってきたことに驚きつつ、その顔色の悪さに気がついた。

「おい、ちゃんと医局には行ったのか？　今にも吐きそうな顔をしてるじゃないか」

「そんな場合じゃなかったんです！　牛相撲で見かけた怪しい人物が、王宮の衛兵をしていたんです！」

コチュンが息を切らせて伝えると、オリガも顔を青ざめさせた。なにしろ、王宮で働く人物には、一度服を燃やされている。オリガは不安を呑み込むと、コチュンをねぎらった。

「……それを伝えるために、走って戻ってきてくれたんだな」

オリガは、肩で息をしているコチュンを椅子に座らせた。しかし、まだ顔色がひどく悪いのを見て、眉をひそめた。

「ほかにも、心配事があるのか？」

「……実は、本殿《ほんでん》にいる女中仲間と、ちょっと……」

オリガに見透かされたことに驚き、コチュンは素直に白状した。するとオリガは、慰めるようにコチュンの背中をさすった。

「すまない。きっと、おれの傍についてもらっているせいだ。お前は悪くないよ」

「オリガ様だって悪くありませんよ。謝らないでください」

コチュンがムッとした顔で言い返すと、オリガは嬉しそうに微笑んだ。その顔を見るだけで、コチュンの胸に刺《さ》さっていた痛みが、すうっと消えていく。コチュンの顔色が戻ると、オリガも安心したように胸を撫で下ろした。

そこへ、帰宅したトゥルムがオリガの部屋にやってきた。トゥルムは、部屋にコチュンがいるのに気づくと、驚いたように足を止めた。

「よく戻ってきたな。あんな事件に巻き込まれたというのに、見あげた根性《こんじょう》だ」

その物言いに、コチュンもオリガも白けた目を向けた。するとトゥルムは、バツが悪そうに「すまん、言いすぎた」と謝り、三人の笑い声が重なった。

三人が部屋に揃うと、コチュンは不審な男が王宮の衛兵だったことを、再び報告した。

ユープー国とニジェナ皇后を良く思わない人物は、まだ王宮内にたくさんいる。コチュンの報告を受けたトゥルムは、重苦しいため息をついた。

「紫《むらさき》の警備服を着ていたなら、それは上皇の近衛兵《このえへい》だ。以前、オリガの服に火をつけた職人が、刑《けい》に処されることなく放免されただろう。あれもすべて、上皇が取り計らったことだ。今や上皇は、王宮内の反ユープー派の急先鋒《きゅうせんぽう》。上皇の傍に控える衛兵が、よからぬことを考えていてもおかしくはない」

頭の重くなるような問題に、三人は不安を感じた。だが、ここで悩《なや》んでいるわけにもいかない。コチュンは声を強くして言った。

「改めて気を引きしめて、警戒《けいかい》しないといけませんね」

「最悪の事態を、想定しておいたほうがいいかもしれないぞ」

トゥルムの言葉に、オリガは難しい顔をして頷いた。

第三章 ◈ 上皇の罠

上皇たちの動きに不安を覚えながら、時間だけが過ぎた。コチュンとオリガは、反ユープー派からの新たな危害を警戒《けいかい》していたが、杞憂《きゆう》かと思うほど、平穏《へいおん》な日々が続いている。

ところが、季節が冬になり冷たい風が吹《ふ》くようになると、オリガが体調を崩《くず》すようになった。ユープー国は温暖な気候のため、オリガの身体《からだ》が寒さに順応できなかったのだ。そのうえ、オリガは過酷《かこく》な食事制限をして、男性的な身体の線を隠《かく》そうとしている。そんな彼の痩《や》せた身体に、バンサの冷たい空気が容赦《ようしゃ》なく襲《おそ》いかかったのだ。

コチュンはオリガのために、大急ぎで防寒着を用意した。

「羊の毛で上着を編みました。着てみてください」

膝《ひざ》の下まで伸《の》びる真っ白な羽織《はおり》は、オリガの身体をすっぽり隠し、布団《ふとん》の中みたいに暖めてくれる。オリガは感激して喜んだ。

「団子はすごいな、羊の毛でこんな衣装《いしょう》まで作れるなんて！」

「わたしは北部の出身なので、編み物も得意なんです。わたしの故郷では、もう雪が降っている頃《ころ》ですよ」

すると、オリガは興味深そうに言った。

「北部の雪が降る地域というと……ラムレイ地方のことか？」

「えっ、どうしてわたしの出身地を知ってるんですか？」

故郷の地名を言い当てられ、コチュンは驚《おどろ》いて目を丸くした。オリガは肩《かた》をすくめて、なんてことないように答えた。

「本で調べたんだ。バンサ国のことをよく知らないと、良い外交は結べないからな」

「バンサ国の地名なんて数えきれないほどあるじゃないですか。その全部を覚えたんですか？」

「知らないことを知るのは好きなんだ。調べたり、探したり、仮説を立てて実験したり」

オリガが楽しそうに話すのを聞き、コチュンは感心しきって仰《あお》ぎ見《み》た。

「すごいなぁ、オリガ様。ほんとうに学者さんみたい」

「だけど、知識では知っていても、経験がないことも多いんだ。例えば、おれは雪を見たことがない。ユープーは暖かい気候の国だから。見たくても見られなかったんだ」

それを聞いたコチュンは、いっきに得意げに語り出した。

「もう半月もすれば、ピンザオ市でも雪が降りますよ。この辺は真っ白になりますね」

「そうか、それは楽しみだな」

オリガは久しぶりに声を弾《はず》ませた。コチュンはそれが嬉《うれ》しくて、オリガが笑顔《えがお》で雪を見られるように、今度は帽子《ぼうし》と手袋《てぶくろ》も編もうと決めた。

しかし、二人のささやかな楽しみは、トゥルムが持ち帰った知らせに断《た》ち切《き》られた。

「立冬の日に、父上が晩餐会《ばんさんかい》を開くと言ってきた。おれたち皇帝《こうてい》夫妻は強制参加だ。上皇が主催《しゅさい》する会だから、どんな客が来てもおかしくない。気をつけたほうがいいだろう」

「覚悟《かくご》のうえだ」

オリガは即答《そくとう》したが、コチュンは大声を出して狼狽《うろた》えた。

「立冬の日だなんて、あと半月もないじゃないですか！」

奇《く》しくも、オリガと雪を見るのを楽しみにしていた半月後に、罠かもしれない晩餐会に出なければならないなんて。不安がるコチュンに、トゥルムが告げた。

「晩餐会には、お前も参加してもらう。オリガの身の回りの世話を頼《たの》む」

「だめだ、何が起こってもおかしくない場所に団子を連れて行くなんて、危険すぎる」

コチュンが返事をする前に、オリガが声を荒《あら》らげた。トゥルムは、驚いた顔で反論した。

「だからこそ、お前を補佐する女中がいたほうがいいだろう。万が一お前が襲われて、正体を見抜《みぬ》かれでもしたらどうする」

「団子はすでに大きな怪我を負ったんだ。これ以上、危険に巻き込むわけにはいかない」

「大事なことは、上皇にお前の正体を知られないようにすることだ」

食い下がるオリガに、トゥルムはうんざりしたように眉《まゆ》をひそめた。険悪な雰囲気《ふんいき》を感じたコチュンは、慌《あわ》てて二人の間に割って入った。

「わたし行きます！　わたしがずっとオリガ様のお傍《そば》について、お守りします！」

コチュンがきっぱり言いきると、オリガはギョッとして目を見開いた。

「おれは、お前に守られるような男じゃない！」

「でも、見た目だけならお姫様《ひめさま》じゃないですか」

コチュンが笑い出すと、オリガは歯痒《はがゆ》そうに顔をしかめた。それを見ていたトゥルムも、ようやく険悪な顔つきから笑顔に変わった。

「よし、決まりだな。オリガのことを頼むぞ」

コチュンは気合を込《こ》めて頷《うなず》くと、威勢《いせい》よく言った。

「こうなったら、晩餐会で一番美しい衣装をオリガ様に着てもらわなくちゃいけませんね。わたし、もっとオリガ様の体型をカバーできる衣装を用意してみます！」

「なんだよ、団子まで」

オリガは腑《ふ》に落ちない顔でコチュンを見ていた。もう二度とコチュンを危険な目に遭《あ》わせたくないという気持ちは、オリガの本心だ。だけどそれ以上に、コチュンに守られなくちゃいけない存在だと思われるのが、少し不服だったのだ。

オリガの葛藤《かっとう》を知らないコチュンは、それから半月をかけて、オリガの美しさを引き立てる衣装作りに没頭した。そうして、晩餐会当日に完成したのは、爽《さわ》やかな紺碧色《こんぺきいろ》の衣装だ。幅広《はばひろ》の裾《すそ》が波のように揺《ゆ》れると、オリガの長い手足を美しく強調し、大きく開いた背中は、見た人に鮮烈《せんれつ》な印象を与《あた》える。最後に、婚姻時《こんいんじ》にトゥルムからもらった髪飾《かみかざ》りを添《そ》えれば、完璧《かんぺき》なバンサ国皇后のできあがりだ。その姿にコチュンは満足し、オリガは渋《じゅう》面《めん》を作った。

「ちょっと上品すぎないか？　動くたびに裾が揺れるし落ち着かないぞ」

オリガは鏡に映った自分を見て、歯切れの悪い感想を述べた。だが、コチュンは満面の笑みで、最後の仕あげの腰紐《こしひも》を巻きつけた。

「これぐらいがいいんですよ。美しい女神様《めがみさま》みたいに、近寄りがたいと思わせたいんです」

「女神様って」

オリガはおかしくて噴き出したが、その拍子《ひょうし》に大きく咳《せ》き込んだ。まだ体調が万全《ばんぜん》ではないのだ。コチュンは真面目に訴《うった》えた。

「オリガ様のお身体、前よりさらに細くなっています。衣装がずり落ちないように肩紐《かたひも》を付け足したくらいです。女性らしさも大事ですが、ちゃんと食べて身体を大事にしてください」

「わかった、わかった。それじゃあ女神らしく、お供え物でも食おうかな」

オリガはコチュンをなだめると、コチュンが用意した茶菓子《ちゃがし》を口に放り込んだ。頬《ほお》を膨《ふく》らませて食べる姿が、女神のような姿と不釣《ふつ》り合《あ》いで、コチュンはくすくす笑った。

「よし、次は団子の着替《きが》えだな。お前の衣装はおれが用意したんだぞ」

思いもよらなかったことを告げられ、コチュンは目を丸くした。

「わたしの衣装ですか？」

「そうだ。蓮華《れんげ》の宮《みや》の女中たちに頼んで、用意しておいたんだ」

オリガは薄《うす》い桐《きり》の箱から、小さな花の刺繍《ししゅう》がちりばめられた、桃色《ももいろ》の衣装を取り出した。菫色《すみれいろ》の腰紐には珊瑚《さんご》の飾《かざ》りがついていて、コチュンの目にも高価なものだとわかる。

「だ、ダメです、わたしみたいな女中が、こんな高い衣装は着られません」

「どうしてだよ。お前は皇后付き女中として晩餐会に出るんだから、着飾《きかざ》ってもらわなきゃおれが困るんだ」

オリガは乱暴に衣装を摑《つか》むと、コチュンに押しつけた。だが、コチュンが緊張《きんちょう》していることに気づき、顔を曇《くも》らせた。

「もしかして、晩餐会に行くのが嫌《いや》か？」

「そんなことはありません。ただ、わたしはオリガ様みたいに綺麗《きれい》じゃないから、こんな素敵《すてき》な衣装は着られないと思うんです」

「はあ、なんじゃそりゃ」

事件に巻き込まれる不安があるのかと思ってみれば。オリガは拍子抜けして笑い出した。

「大丈夫《だいじょうぶ》だよ、けっこう似合うと思うぞ」

「でも、わたしこんな顔だし」

コチュンが顔にできた傷痕《きずあと》を指で触《さわ》ると、オリガは笑顔を引っ込めた。コチュンがあの日以来、初めて顔の傷を気にするそぶりを見せたのだ。オリガはしばらく考え込むと、言葉を一つ一つ選びながら、ゆっくりと切り出した。

「あのな、団子。おれだって素顔《すがお》は男だ。裸《はだか》になれば身体もごつい。だから、化粧《けしょう》や衣装で工夫《くふう》して、美しく見せているんだ。それはお前が一番わかっているだろ」

オリガの語った事実に、コチュンも頷くしかない。するとオリガは、化粧台の横にしゃなりと立って、コチュンに座るように促《うなが》した。

「おれの特技は化粧だ。今度はおれがお前を助けてやる」


先に支度《したく》を終えたトゥルムは、居間のテラスに出て空を見あげていた。日が落ちるのが早くなり、どんよりした空はすでに真っ暗だ。冷たい夜風にのって、湿《しめ》った匂《にお》いが流れてくるので、今夜遅《おそ》くにはもう雪が降るかもしれない。

「トゥルム、待たせたな」

そのとき、支度を終えたオリガとコチュンが部屋から現れた。トゥルムは着飾ったオリガを見るなり、笑いながらも感心した。

「いつもながら、見事に化けるな。……それに」

トゥルムは、オリガの背後に控《ひか》えているコチュンに目を向けた。桃色の衣装に、花を挿《さ》したお団子髪《がみ》、紅を差した唇《くちびる》。コチュンの顔の傷痕も綺麗に消えている。いつもの姿からは想像できないほど、可憐《かれん》な佇《たたず》まいだった。

「どうだ、なかなかだろう」

呆気《あっけ》に取《と》られているトゥルムに、オリガが面白《おもしろ》そうに言った。

「ああ、見違《みちが》えてしまった。傷痕は化粧で消したのか？」

「そうだ。素材がいいから、化粧するほうも楽しかったぜ」

オリガがにやりと笑うので、コチュンは顔を真っ赤にして俯《うつむ》いた。

「こんな格好したことがないので、恥《は》ずかしいです」

「いいんじゃないか。美しい皇后に可愛《かわい》らしいお付きの女中。来賓客《らいひんきゃく》も唸《うな》るほどおさまりがいい。だけど、気を抜くなよ、相手はあの上皇なんだからな」

トゥルムはそう告げると、オリガの手を取って歩き出した。今この瞬間《しゅんかん》から、トゥルム皇帝とニジェナ皇后を、完璧に演じなければならない。優雅《ゆうが》に歩く二人の背中を見ながら、コチュンもごくりと唾を飲み込んで歩き出した。

王宮に松明《たいまつ》が灯《とも》され、着飾った貴族や軍人たちが大広間に集まっていた。晩餐会には、ガンディクが懇意《こんい》にする貴族や豪商《ごうしょう》が多く参加している。ガンディクは、晩餐会の首尾が整っていることに満足して微笑《ほほえ》んだ。

定刻となり、大広間に集まった来賓《らいひん》たちが、道を作るように左右に退いた。紺碧色の衣装をまとったニジェナと、黒色の礼装で身を固めたトゥルムが、会場の真ん中を堂々と歩いていく。来賓客は皇帝夫妻の美しさに息を呑み、惚《ほ》れ惚《ぼ》れと眺《なが》めていた。

「父上、今宵《こよい》は素敵な会にお招きいただきありがとうございます」

トゥルムが頭を下げると、ガンディクは冷めた目をして聞き流した。しかし、二人の背後に控える女中を見つけ、眉をひそめた。

「それが、やぐらから落ちた女中か？」

「わたくしの女中でございます、上皇様」

ニジェナが答えると、ガンディクは値踏《ねぶ》みするようにニジェナを睨《にら》んだ。

「哀《あわ》れだの。国からの従者は一人もおらず、あてがわれた家来がこんな子ども一人とは」

「お言葉ですが、わたくしの女中はとても優秀《ゆうしゅう》でございます。バンサ国にもこのような若者がいることを知り、わたくしは感銘《かんめい》を受けました」

ニジェナが即座《そくざ》に反論すると、ガンディクは鼻を鳴らして笑った。

「では、せいぜいその家来を大事にすることだな」

捨《す》て台詞《ぜりふ》のような言葉を残して、ガンディクは皇帝夫妻に背を向けた。

「相変わらず、不躾《ぶしつけ》な父親で申し訳ない」

父親が去ったあと、トゥルムがオリガに謝った。どうしてあんなにも不遜《ふそん》な態度をとれるのか、トゥルムは理解に苦しんだ。オリガは彼を励《はげ》ますように、背中に手を添えた。

「気にするな、おかげで挨拶《あいさつ》が手っ取り早く済んだ」

オリガは同意を求めるようにコチュンを振《ふ》り返《かえ》った。しかし、コチュンはほかの来賓客を警戒し、二人の会話を聞いていない。その真剣《しんけん》すぎる表情を見て、オリガは苦笑《くしょう》した。

「団子、そんな顔してたら、逆に怪《あや》しまれるぞ」

「そ、それはそうですけど、なんだか、ここにいる全員が怪しく見えてきちゃって」

コチュンが答えると、オリガはコチュンの頭を優《やさ》しく撫でた。

「守ろうとしてくれてるんだな。おかげでおれも心強いよ、ありがとう」

「おいニジェナ、言葉遣《ことばづか》いに気をつけろ。誰《だれ》が聞いているかわからないんだぞ」

つい素で話してしまったオリガに、トゥルムが耳打ちした。こんな雑談でも、疑いをもたれるきっかけになる。

「大丈夫、もうしない」

オリガが反省を見せるも、トゥルムの値踏みするような視線はそのままだ。

「お前たち、ずいぶん変わったな」

トゥルムの指摘《してき》に、二人はきょとんとした。その顔に、トゥルムは諦《あきら》めたように笑った。

「気づいてないなら、別にいい。けど、周りに注意を払《はら》いながら過ごせよ」

コチュンとオリガは顔を見合わせたが、なぜそんなことを言われたのか、理由はわからずじまいだ。コチュンは首を傾げながら、再びオリガの周囲に注意を向けた。

「そういえば、黄色い衣装の女性が多いですね」

「黄色い衣装？」

コチュンの発見に、オリガも周囲に目を向けた。コチュンの言う通り、晩餐会の客で、黄色い衣装に黒い小物を合わせている女性たちが目立っている。それも、どこかで見たような衣装ばかりだ。コチュンとオリガが興味深く見ていると、若い女性に声をかけられた。

「ご機嫌麗《きげんうるわ》しゅう、ニジェナ皇后陛下」

コチュンは、咄嗟《とっさ》にオリガを庇《かば》うように立ちはだかった。ところが、挨拶に来たのは、コチュンよりも幼い少女たちだ。黄色い衣装に黒い紐《ひも》の出《い》で立《た》ちで、恭《うやうや》しく頭を下げている。コチュンが警戒を解くと、二人組の少女は、目を輝《かがや》かせてオリガに告げた。

「わ、わたしたち、秋の牛相撲《うしずもう》の会場にいたんです。それで、ニジェナ皇后陛下が暴れ牛を鎮《しず》めたのを、あの場で見ていました！」

「トゥルム陛下との抱擁《ほうよう》も感動しました！」

そこで、オリガとコチュンはアッと声を漏《も》らした。女性たちが身にまとう黄色い衣装と黒い小物は、牛相撲の観戦時にオリガが着ていた衣装とそっくりなのだ。

「ニジェナ皇后陛下のお召し物を真似《まね》してみたんです。今日の青いお衣装も、とても素敵でございます！」

少女たちは興奮気味に語り、弾むように笑い出した。気がつけば、オリガとトゥルムの周りには、黄色い衣装を着た女性たちや、ユープー風の小物をつけた男性たちが集まり出していた。みな口々にニジェナの雄姿《ゆうし》を称《たた》え、挨拶を求めてきたのだ。

まさか、あの事件がここまで反響《はんきょう》を呼ぶとは思わなかった。オリガとトゥルムは、予想外の結果に笑顔を浮《う》かべた。

「ありがとうございます。みなさまに受け入れてもらえて、わたくしは嬉しいです」

ニジェナ皇后としてオリガが答えると、集まった参加者たちから歓声《かんせい》があがった。

その様子を、コチュンは少し引いた場所で眺めていた。ユープー国やオリガ本人に敵意を向ける人ばかりだと思っていたが、好感をもってくれている人も、こんなにたくさんいたのだ。コチュンは嬉しそうに微笑むオリガを見つめ、涙《なみだ》ぐみそうになってしまった。

ところがそのとき、コチュンの感動を邪魔《じゃま》するように、嫌味《いやみ》な声が後ろから飛んできた。

「あんた、コチュンじゃない」

先輩《せんぱい》女中のリタが、下膳《げぜん》する食器を盆《ぼん》に載せて歩いてきたのだ。

「リタ先輩、下膳の担当だったんですね」

「それより、どうしたの、あんたのその格好！」

リタは、コチュンの桃色の晴れ着を鬼《おに》の形相で睨んでいた。自分の着ている黄色い女中服とは似ても似つかない姿に、めらめらと怒《いか》りを燃やしたのだ。

「女中が化粧なんてして、どういうつもり？」

「わたしも仕事中なんです。皇后様の傍につかなければならないので」

「なにそれ。全然似合ってないくせに、自慢《じまん》のつもり？」

声を荒らげたリタは、ますます怒りをにじませてコチュンに詰《つ》め寄《よ》った。コチュンは、周囲の目が自分に向くのを避《さ》けるため、仕方なく広間を出て中庭に飛び出した。しかし、リタは見逃《みのが》してくれるどころか、コチュンを追いかけてさらに捲《まく》し立《た》てた。

「どうしてあんたみたいな田舎者《いなかもの》が、皇后様付き女中なのよ！」

「わたしは、トゥルム陛下に任命されて……」

「どうやって陛下を騙《だま》したのよ？　その仕事は本来、立派な父上をもつわたしのほうがふさわしいでしょっ」

リタは顔を真っ赤にして怒鳴《どな》ると、中身が入った硝子《ガラス》の杯《さかずき》を摑んで、コチュンに引っかけた。中身の酒を頭からかぶったコチュンは、グッとこらえて悲鳴を飲み込んだ。代わりに、じろりとリタを睨み返すと、至極《しごく》冷静に言葉を返した。

「気が済みました？」

しかし、コチュンの堂々とした態度が、余計にリタの自尊心《じそんしん》に火をつけた。

「人質《ひとじち》代わりの皇后付き女中になるなんて、こっちから願い下げだわ。あの見た目で珍《めずら》しがられてるだけじゃない。どうせすぐに飽《あ》きられて、国に逃《に》げ帰《かえ》ることになるでしょ！」

その瞬間、コチュンの中で何かが弾《はじ》けた。自分への非道な行いは我慢《がまん》ができたが、オリガに対する侮辱《ぶじょく》はどうあっても許せない。コチュンはリタが持っていた下膳の盆を、下から思いっきり叩《たた》きあげた。リタが悲鳴をあげ、杯に入った液体や、皿の上の残飯がすべてリタの女中服にかかり、足元に落ちた食器は粉々に砕《くだ》け散《ち》った。

コチュンは肩で息をすると、茫然《ぼうぜん》としているリタを怒鳴りつけた。

「ニジェナ様は、バンサ国とユープー国の友好の懸《か》け橋《はし》になろうと奮闘《ふんとう》しています！　そしてそのお役目を立派に果たされました！　そんなニジェナ様を侮辱するなんて、冗談《じょうだん》でもやめてください！」

コチュンの怒号《どごう》に、リタはわなわなと不満を口にした。

「なっ、何よ、あんたなんか、なんにもできない田舎者のくせにっ」

「先輩だって、何もできないじゃないですか。いつも親の威厳《いげん》に縋《すが》って、自分で努力しないから責任ある仕事に就《つ》けないんでしょ。わかったら、さっさと仕事に戻《もど》りなさいよ！」

コチュンがさらに叱責《しっせき》すると、リタは縮みあがって、汚《よご》れた女中服をお盆で隠しながら走り去っていった。あとには、酒で濡《ぬ》れたコチュンと、散らばった陶器《とうき》の破片《はへん》が残された。

「……最悪」

コチュンはぽつりと呟くと、砕けた食器を拾うために、桃色の衣装をたくしあげた。

「おい、大丈夫か？」

コチュンがいないのに気づいたオリガが、中庭まで走ってきた。コチュンは反射的に顔を隠そうとしたが、一瞬《いっしゅん》早く、心配そうな顔をしたオリガと目が合ってしまった。

「あ、あの……これは……」

「途中《とちゅう》から見てた。止めに入れなくてごめんな」

オリガは謝ると、コチュンの酒で濡れた顔を、自分の青い衣装で優しく拭《ぬぐ》った。

「だ、だめです、そんなことしちゃ」

「じっとして、化粧がにじむだろ」

頬を拭われると、オリガの手が温かくて、コチュンは思わず息を止めてしまった。

「お前、なんであんなことしたんだよ。ほかにも方法はあっただろう」

「だ、だって……あなたのことを、悪く言われたから」

「だけど、食器の載った盆をひっくり返すのは、やりすぎだ」

オリガは呆《あき》れたように首を振った。だが、コチュンは反抗《はんこう》するように言い返した。

「誰かさんの嘘《うそ》に巻き込まれたせいで、ちょっと過激になっちゃっただけです！」

「いいや、お前は最初から向こう見ずなやつだったよ」

「そんなことないですよ！」

茶化したように言われ、コチュンは真っ赤になって反論した。なのにオリガは、もう濡れているところはないのに、コチュンの頬を撫《な》でるように触った。

「けど、そこがお前のいいところだと、おれは思う」

オリガはそう言って、それはそれは美しく微笑んだ。その笑顔に、コチュンは息が止まりそうなほどの衝撃《しょうげき》を受けた。心臓が暴れるみたいに脈打っている。思わず身をよじってオリガから逃げ出し、コチュンは砕けた食器を拾うことに専念した。それでも、頭の中がグルグルと騒《さわ》がしいくらいに揺れている。

するとオリガまで食器を拾い出した。コチュンは動揺《どうよう》を悟《さと》られないように、俯きながら声をかけた。

「こ、皇后様は、食器なんて拾っちゃダメです」

「二人でやったほうが早いだろ」

オリガは食器を拾い集めると、コチュンのと合わせて一か所に寄せた。あっという間に片付いた中庭を眺め、オリガは満足げに頷いた。しかし、コチュンのほうはオリガと二人きりなのがどうにも落ち着かない。早くこの場を何とかしたくて、早口で提案した。

「晩餐会に戻りましょう、ニジェナ様。ユープー国に期待を寄せてくれているみなさんも、待っているでしょう?」

「そうだな、みんな、この前おれが着ていた黄色い衣装について知りたがっていたんだ。ちょうど仕立てた女中が一緒《いっしょ》にいるから、紹介《しょうかい》すると言ってきた」

オリガの言葉に、コチュンは驚いて立ち尽《つ》くしてしまった。

「それって、わたしのこと?」

「ほかに誰がいるんだよ。さあ、みんなが待ってる。一緒に行こう」

オリガは、コチュンに手を差し出した。それがまるで恋人《こいびと》を誘《さそ》うような仕草に見えてしまい、コチュンはまた頬を赤らめた。改めて、オリガの魅力《みりょく》に見惚《みほ》れてしまった。

そのとき、会場の奥から、けたたましい悲鳴が轟《とどろ》いた。食器が割れる音に交じって、どたどたと騒がしい足音が近づいてくる。

「なんだ?」

オリガは警戒して、守るようにコチュンを引き寄せた。次の瞬間、大広間の窓を突《つ》き破《やぶ》って、全身黒ずくめの男が中庭に飛び出してくる。あまりに突然《とつぜん》のことに、コチュンは悲鳴すらあげられない。黒ずくめの男は剣《けん》を取り出し、最初から狙《ねら》いを定めていたかのようにオリガに迫《せま》ってきた。顔を隠しているが、壮年《そうねん》の逞《たくま》しい男だ。コチュンはすぐさまオリガを庇おうとした。だが、乱入者に張《は》り倒《たお》され、一瞬でコチュンは負けてしまった。

「コチュンっ！」

オリガがコチュンに覆《おお》いかぶさり、乱入者から身を挺《てい》して守ろうとした。

と同時に、広間から屈強《くっきょう》な衛兵が飛び出してきて、黒ずくめの男に向かって大ぶりな剣を振り下ろした。乱入者は悲鳴をあげ、その場に倒れ込んで動かなくなってしまった。

「皇后陛下、お怪我《けが》は？」

コチュンを抱《だ》きしめていたオリガは、その声に恐《おそ》る恐《おそ》る顔をあげた。コチュンも同様に顔をあげて息を呑《の》んだ。その衛兵は、牛相撲で見かけた、ガンディクの近衛兵《このえへい》だったのだ。

だが、そうとは知らないオリガは、彼の手を取り、よろよろと立ちあがった。

コチュンがオリガに危険を伝えるため、彼の腕《うで》から逃《のが》れようとした。すると、オリガがコチュンを押さえつけ、耳元で囁《ささや》いた。

「やめろ、今は周りを見ないほうがいい」

二人の足元には、衛兵に斬られた乱入者が転がり、おびただしい血が広がっている。オリガはこの惨状《さんじょう》をコチュンに見せたくなかったのだ。気丈《きじょう》に振る舞っているが、コチュンを抱きしめる腕は震《ふる》えている。

近衛兵の男は、オリガとコチュンを広間の隅《すみ》に連れてくると、部下の衛兵に椅子《いす》を用意させ、そこで休むように告げた。コチュンもオリガも、まだ気が動転している。オリガは崩れるように座り込んでしまった。

「すぐに、トゥルム陛下をお呼びします」

近衛兵の男は手短に告げると、さっさと背を向けてしまった。コチュンはとりあえず危機を脱《だっ》したと感じ、詰めていた息を吐《は》き出した。すると、オリガの腕が伸びてきて、コチュンをギュッと抱きしめた。コチュンは思わず、うわずった声をあげてしまった。

「おりっ、じゃなくて、ニジェナ様？」

「こ、怖《こわ》かったな……」

オリガが震えながら呟《つぶや》き、コチュンも恐怖《きょうふ》を思い出し、オリガを抱きしめ返した。

「はい、怖かったです」

「お前が無事でよかった」

オリガが涙声《なみだごえ》で呟いた。こんなにあからさまに、命を狙われたのは初めてだ。コチュンも震えながら泣き出してしまった。すると、数人の衛兵がオリガのもとに駆《か》け寄《よ》ってきた。

「ニジェナ様、お怪我はございませんか？」

「はい、なんともありません」

オリガは泣いていたと悟られないよう、皇后として気丈に振る舞った。すると、衛兵が手を差し出してくれた。

「ありがとう」

オリガは礼を言って、衛兵の手を取り、立ちあがろうとした。だがそのとき、コチュンは衛兵のもう片方の手に、きらりと光るものが握《にぎ》られているのを目にした。

「オリガ様ダメっ！」

コチュンの制止は遅かった。オリガがギョッとして手を放そうとしたとき、衛兵の振りかざした刃物《はもの》が、オリガの胸元《むなもと》に振り下ろされたのだ。衛兵が脱兎《だっと》のごとく逃げ出すと、オリガは鈍《にぶ》い音を立ててその場に倒れ込んだ。

コチュンが絶叫《ぜっきょう》してオリガに縋《すが》りつくと、異変に気づいた参列者たちが次々に驚きの悲鳴をあげた。騒ぎを聞きつけたトゥルムが、真っ青になって駆け寄ってくる。

「ニジェナ！　しっかりしろ！」

トゥルムがオリガの肩を抱き、大声で呼びかけた。すると、オリガが小さく呻《うめ》いた。

「だ、大丈夫、腰が抜けただけ……」

オリガは口をはくはくと動かすと、コチュンとトゥルムに目を向けた。血も出ていないし、呼吸もしっかりできている。オリガの無事を確かめたコチュンは、大粒《おおつぶ》の涙を流して喜んだ。

「よっ、よかった！　無事でよかったですっ」

トゥルムも笑顔を浮かべ、オリガをそっと抱き起こした。

息を呑んで見守っていた参列者たちも、皇后の無事な様子に胸を撫で下ろした。怪我がなくてよかったと皆が安堵《あんど》の息をついたとき、オリガの青い衣装が、はらりと垂れ下がった。オリガはギクリと身体を硬くし、参列者たちも息を呑んだ。コチュンもトゥルムも、異変を察して目を剝《む》いた。

オリガの衣装が切り裂《さ》かれ、隠していた真っ平らな男性の身体が、外気に晒《さら》されたのだ。

❀

露《あら》わになったオリガの身体を、トゥルムが慌てて覆い隠した。だが、すでに手遅《ておく》れで、晩餐会の客たちは、オリガの平らな胸元をしっかり目撃《もくげき》していた。彼らの表情や息を呑む様子から、問わずともそれが計り知れた。

オリガ自身、ニジェナ皇后として受け入れられたという油断もあった。襲ってきた黒ずくめの男も、助けに来た衛兵も、全部仕組まれていたことだと、露《つゆ》ほども疑わなかったのだ。

「なんということだ、ニジェナ皇后は、男だったのか？」

客たちの奥で、ガンディクが白々しく笑う姿を目にして、二人は嵌《は》められたことにようやく気づいたのだった。


コチュンは、それからのことをよく覚えていない。王宮の衛兵たちが怒濤《どとう》のように押し寄せ、オリガとトゥルムを連れて行ったと思ったら、自分はいきなり目隠《めかく》しをされて、誰かに埃臭《ほこりくさ》い倉庫に放り込まれてしまったのだ。外から鍵《かぎ》をかけられ、完全に閉じ込められている。

オリガの正体がバレたことでこれからどうなるのか、コチュンは気が気ではない。だが、こんな場所じゃ二人の無事を確かめることもできない。コチュンは埃《ほこり》をかぶった甲冑《かっちゅう》や骨董品《こっとうひん》のなかに座って、ひたすら時間が経つのを待った。

コチュンの耳が静寂《せいじゃく》に慣れきった頃、突然、倉庫の扉《とびら》が開いた。

「団子、いるか？」

燭台《しょくだい》を持ったトゥルムが、囁くように呼びかけた。

「トゥルム様っ、無事だったんですね」

「王宮に、わたしを手引きしてくれる者がいるんだ。君をここに連れてきたのも、今わたしが監視《かんし》の目を抜けてここにいられるのも、そのおかげだ」

トゥルムに意外な事実を教えられ、コチュンは驚きと期待の混じった目を向けた。

「それじゃあ、オリガ様も一緒ですか？」

だが、トゥルムは顔に影《かげ》を落とすと、静かに首を振った。

「今、医者の診療《しんりょう》という名目で尋問《じんもん》を受けている。もう、隠し通すことはできない」

「そっ、そんな……」

コチュンがふらふらと座り込むと、トゥルムは、コチュンの前に外套《がいとう》と鞄《かばん》を差し出した。

「すべてではないが、お前の荷物はここにある。少しだが資金も入れた。このまま、急いで王宮を出るんだ」

「どうしてですか？」

コチュンが動揺して尋《たず》ねると、トゥルムは無念そうに答えた。

「オリガの正体がバレたら、次は君が拷問《ごうもん》にかけられる。その前に逃げるんだ」

「でも、オリガ様を助けないと！」

「ただの女中に、何ができる？」

食い下がるコチュンに、トゥルムが現実を突きつけた。

「これ以上君を危険な目に巻き込まないと、オリガと約束したんだ。君に怪我を負わせてしまった償《つぐな》いを、わたしにもさせてほしい。頼む」

「……オリガ様とトゥルム様は、どうなるんですか？」

「おれとあいつは、もはや運命共同体だ。なにがあっても助けてみせる。絶対にだ」

トゥルムの力強い言葉に促され、コチュンはぐっと涙をこらえた。こうなってしまったら、トゥルムに任せるしかない。コチュンは無言のまま頷いた。

「この倉庫には、限られた人物しか知らない抜け道がある、それを使って外に出ろ」

トゥルムは、倉庫の壁《かべ》にかけられている絵画を持ちあげた。するとその奥から、壁にぽっかりとあいた空洞《くうどう》が現れた。コチュンが目を丸くすると、トゥルムが言った。

「子どもの頃、この部屋で遊んでいて偶然《ぐうぜん》見つけたんだ。この穴の奥は、市街地に近い見張り小屋に続いてる。そこから城壁《じょうへき》を抜けるんだ」

トゥルムは、コチュンが壁の穴にのぼるのを手伝うと、燭台をコチュンに持たせた。

「オリガ様を、よろしくお願いします」

「ああ、約束する」

トゥルムは頷くと、ずらした絵画を元に戻した。壁の穴が塞がれると、燭台の明かりが小さく揺れた。コチュンは穴の奥を振り返り、小さな明かりを頼《たよ》りに進み出した。

コチュンを無事に抜け穴へ送り込んだトゥルムは、すぐに倉庫を出て鍵をかけた。そこへ、数人の近衛兵が駆け寄ってきて、トゥルムを取り囲んだ。

「トゥルム陛下、あなたは今、上皇様の命令で謹慎《きんしん》を命じられている立場です。我ら衛兵の目を盗《ぬす》んで部屋を抜け出すなんて、勝手な行動は慎《つつし》んでください」

先頭の大柄《おおがら》な衛兵が、叱責しながらトゥルムの傍に立った。ところが、トゥルムの顔にはうっすらと笑《え》みが浮かんでいる。すると衛兵が、トゥルムにしか聞こえない声で言った。

「無事に女中を逃がせて何よりですが、そんな顔を見せたら、上皇様にバレてしまいます」

「わかっている。お前がいてくれて助かったよ」

衛兵の忠告に、トゥルムは抑揚《よくよう》のない声で答え、むっつりとした表情でほかの衛兵たちに連れられていった。


ニジェナ皇后の正体が露呈《ろてい》してしまった王宮では、晩餐会の出席者たちが大広間に集められ、王宮からの退出を制限されていた。王宮側は、騒動《そうどう》を鎮静化《ちんせいか》させようとしたが、ニジェナの身体を直接目にした来賓客たちが、事のあらましをほかの客たちにまで話したせいで、ニジェナ皇后が男だという噂《うわさ》が、すぐに広まってしまったのだ。

なかでも息子《むすこ》の嫁《よめ》が男だったなどと信じたくないチヨル上皇妃《じょうこうひ》は、この不祥事《ふしょうじ》を収束させようと躍起《やっき》になっていた。しかし、人の口に戸は立てられないのと同じで、すでに歯止めが利かない状況《じょうきょう》だ。上皇妃は顔を真っ青にして、衛兵に命令するしかない。

「上皇様の決断がくだされるまで、晩餐会の参列者たちを、一人も王宮の外に出してはなりませんよ。バンサ皇帝が、汚《けが》らわしいユープー人にたぶらかされていたなんて事実を国中に広められたら、我がバンサ皇室の権威《けんい》が失墜《しっつい》してしまうわ！」

その様子は、給仕《きゅうじ》として晩餐会に入っていた女中たちの耳にも届いていた。混乱した会場を抜け出した女中のリタが、自分の武勇伝を語るかのごとく、晩餐会での騒動を仲間内にばらまいたのだ。噂はあっという間に使用人の間にも駆《か》け巡《めぐ》った。しかし、いつまでも皇后の進退について正式な通達がくだされることはなく、王宮のいたるところで、あらゆる憶測《おくそく》が飛《と》び交《か》う事態となっていた。

最も熾烈《しれつ》な話し合いは、王宮の会議室で行われていた。密《ひそ》かにコチュンを逃がしたトゥルムは、衛兵たちにこの部屋に連れてこられ、上皇や国政を司《つかさど》る貴族たちから、ニジェナ皇后は何者なのかと詰め寄られていたのだ。

「これは、ニジェナを診察《しんさつ》した医者の報告書だ。驚くべきことに、あの皇后は女ですらなく、汚《きたな》らしいユープー人の男だと書いてある」

ガンディクが報告書を盾《たて》に、トゥルムをじろりと睨んだ。衝撃の事実に、会議室は激震《げきしん》に揺れる。反ユープー派の貴族たちは、一斉《いっせい》に怒りを露わにした。

「こんな侮辱があってたまるかっ！　今すぐユープー国を攻撃《こうげき》するべきだ！」

しかし、トゥルムを支持する穏健派《おんけんは》の国務大臣が、それに待ったをかけた。

「武力交渉《こうしょう》なんてだめだ。まずは婚姻の経緯《けいい》について、最初から洗い出さなければ」

「そんな悠長《ゆうちょう》なことを言っている場合か！　偽者《にせもの》の姫を、しかも男を嫁《とつ》がされたんだぞ！」

国務大臣を筆頭とする穏健派と、ユープー国を良く思わない武闘派《ぶとうは》たちとの言い合いに発展しそうになったとき、ガンディクがトゥルムに宣告した。

「このままでは、内乱に発展してしまう。かくなるうえは、我がバンサ国を欺《あざむ》いた罪人の首を刎《は》ね、ユープー国に見せつけるしかあるまい」

トゥルムは、父親の顔を見た途端《とたん》にゾッとした。冷徹《れいてつ》な表情に一切《いっさい》の慈悲《じひ》はなく、このまま沈黙《ちんもく》が続けば、オリガは本当に殺されてしまう。トゥルムは、仕方なく白状した。

「ユープー国との政略結婚《けっこん》が破談になりかけたため、彼とわたしの二人で、この計画を立てた。国のみなを騙す形になって、申し訳ないと思っている。しかし、このままでは、せっかくこぎつけた同盟が破綻《はたん》してしまう。そこで、ユープー国との国交が安定するまでの間だけでも、政略結婚が成立したと見せるため、影武者《かげむしゃ》を立てることにしたんだ」

トゥルムは貴族たちに訴えながら、父親に目を向けた。

「わたしは、父上が行ってきた侵略《しんりゃく》戦争や、多民族に対する排外的《はいがいてき》な思想が、バンサ国を疲弊《ひへい》させていくのをずっと見てきた。その負の歴史を繰《く》り返《かえ》さないために、わたしの代ではユープー国と友好関係を結ぶ必要があった。だから、彼と共謀《きょうぼう》し、この偽装《ぎそう》結婚を仕組んだんだ」

「そんなことまでして、同盟を締結《ていけつ》する利益なんてないのでは」

貴族の一人が不満げに声をあげると、トゥルムは拳《こぶし》を握りしめた。

「皇帝が国外に敵しか作らず、国内では権力を振るうことしかできないのでは、国は行《い》き詰《づ》まり、いずれ崩壊《ほうかい》する。国を維持《いじ》するためには、他国との共存共栄が必須《ひっす》だと訴えてきただろう！」

「それで、国を欺く謀反《むほん》を起こしたと？」

ガンディクが、嬲《なぶ》り殺すような声でトゥルムに告げた。

「ニジェナ姫には、容姿が瓜二つの弟がいるらしいな。確か名前は……」

すでに何もかも知られているのだと悟ったトゥルムは、重いため息をついた。

「彼の名前はオリガ。ユープー国の王族で、わたしの親友です」

その途端、会議室がどよめいた。

「ユープー国の王族と、我が国の陛下が共謀していたとは！」

貴族たちが、この世の終わりと言わんばかりに嘆《なげ》いたが、トゥルムは必死に訴えた。

「彼はわたしと同じ志《こころざし》をもってこの同盟を成功させようとしたんだ。彼もまた王族としての誇《ほこ》りをかけていた。彼を侮辱するのはやめていただきたい！」

しかし、会議室に走った動揺は収まることはなかった。トゥルムに賛同する国務大臣たちも、困惑《こんわく》の色を隠しきれていない。

「もうよい、この愚《おろ》か者《もの》を連れていけ。王宮から一歩も外に出すな！」

上皇が命令を出すと、衛兵たちがトゥルムを羽交《はが》い締《じ》めにした。

「父上、よくお考えください！　憎《にく》しみではどうにもならない問題もあるのです！」

トゥルムが部屋から出されると、扉は固く閉ざされた。

「皇位には、再びわしが就く。まずは、ユープー国へ宣戦布告だ」

ガンディクの一声に、トゥルムを支持していた官吏たちは、口を閉《と》ざすしかない。ところが、思いがけないところから反対意見が飛んできた。

「恐れながら申しあげます。宣戦布告は、得策ではないと存じます」

大柄な近衛兵が進み出て、深刻な表情で語り出したのだ。官吏たちや上皇は、一斉にその男を見た。それは晩餐会の会場で、乱入者を取り押さえたあの近衛兵だ。彼は近衛団長を任されており、この場にも同席を許されている。ガンディクは、不機嫌《ふきげん》な顔で近衛兵を問いただした。

「なぜそう思うのだ。申してみよ」

「今、闇雲《やみくも》にしかけても、勝利するための条件が揃《そろ》わないからです。上皇様は国民に対して、開戦理由をどう伝えるおつもりですか。ニジェナ皇后が偽《にせ》の王女で、しかも女ですらなかったと明言したところで、国中が混乱し、兵の統率《とうそつ》も乱れるでしょう。それが、敵に勝利を譲《ゆず》ってしまう要因になりえます」

近衛兵が語ると、周りの貴族たちがひそひそと囁き出した。

「あの近衛兵は、元国軍のサザだ。優秀な士官で、上皇様直々に近衛兵に任命されたんだ。トゥルム陛下の謹慎も、彼が見張りを任されている」

軍人としての知略をもち、兵法に秀《ひい》でたサザの意見に貴族たちが額を寄せた。

サザは閣議室の面々の考えが揺らぎ始めたのを見て取り、さらに意見を出した。

「それに、ユープーと通じていたとは言え、トゥルム陛下は我が国の皇帝です。他国の王族と共謀し、あろうことか偽装結婚を図《はか》ったなどと、愚かな事実を国の歴史に残すのは、大きな汚点《おてん》になるのでは？」

「サザ、立場をわきまえろ！」

ガンディクが顔を青くして怒鳴った。いくら自分が近衛兵に引きあげたとはいえ、サザの出すぎた真似は癇《かん》に障《さわ》った。しかし、この男の言うことにも一理ある。ガンディクはサザの言葉を重く受け止め、官吏たちに目を向けた。

「今すぐ王宮に緘口令《かんこうれい》を敷き、使用人たちの出入りを制限せよ。晩餐会の参列者たちには、口封《くちふう》じのための金一封《きんいっぷう》を用意し、もし今宵のことを他言したら全財産を没収《ぼっしゅう》。住む場所をなくすことになると伝えるのだ」

命令を受けた衛兵が部屋を飛び出し、貴族たちはまたひそひそと囁き合った。

「ユープーへの先制攻撃は、なしということか」

「だがもともとあの皇后は人質同然、オリガ殿下の正体を引き合いに出せば、ユープーに対してどんな要求も呑ませることができるのでは？」

貴族たちの言葉を聞いたガンディクは、愉快《ゆかい》そうに笑い出した。

「これを機にユープー国を我がバンサの傀儡《かいらい》にするのもまた一興だ。折を見て、王弟の謀反を盾にし、攻め滅《ほろ》ぼすこともできる。どちらに転んでも、我らが勝機を握っている」

あれほど憎々《にくにく》しかったユープー国との政略結婚が、最高の形で侵略戦争の足掛《あしが》かりになってくれるとは。ガンディクは、トゥルムの思惑《おもわく》から自分のほうへと大局が変わってきたのを感じて、ほくそ笑まずにはいられなかった。


それから、三日が経《た》った。

コチュンはあの夜、桃色の晴れ着のままトギの宿舎に駆け込んだ。泣きじゃくるコチュンを、トギは何も聞かずに抱きしめ、彼の同僚《どうりょう》たちも、詮索《せんさく》せずにかくまってくれた。

ピンザオ市には雪が降り始め、暖炉《だんろ》にくべる薪《たきぎ》があちこちで飛ぶように売れている。コチュンはふわふわと落ちてくる雪を見ながら、ため息をついた。

「コチュン、寒いから窓閉めろって」

　仕事から帰ってきたトギが、ぼんやりと外を見つめるコチュンを注意した。王宮から逃げてきた手前、もし追っ手に見つかったらと思うと、トギは心配でたまらなかったのだ。

「今年の雪は深そうだぞ。田舎に帰るなら早く出発したほうがいい」

「田舎に帰るの？」

　コチュンが意外そうに聞き返すと、トギは真剣な顔で頷いた。

「当ったり前だろ、お前を王宮に戻すわけにはいかないし、ピンザオ市にいるのも危ないんだ」

「で、でもわたし、仕事しなくちゃ……」

　コチュンがトギに反論しようとしたとき、トギは懐《ふところ》から見事な銀細工の髪飾りを取り出した。コチュンは、それがどういう意味なのかを察して、思わずギョッとした。

「コチュン、お前はもう仕事なんてしなくていい」

　トギは、緊張した様子で言った。

「おれと結婚して、一緒に田舎で暮らしてくれ！」

トギの言った通り、今年の雪は大粒で、ピンザオ市はすぐに新雪に覆《おお》われた。市内のあちこちで雪かきの音が聞こえ、多くの人が炭を買い求めている。

近隣《きんりん》の町まで荷物を運搬《うんぱん》する馬車たちは、雪で道が塞がる前に、できるだけ多くのものを運ぼうと躍起になって働いていた。もちろん、トギとその同僚たちも、朝早くに仕事に出かけ、日がどっぷり暮れてから帰ってくる。その間コチュンは、かくまってもらうお礼として、宿舎の掃除《そうじ》や衣類の修繕《しゅうぜん》を手伝っていた。

トギに結婚を申し込まれてから一週間が経つ。トギは優しくて頼もしくて、彼と結婚する人は幸せだろうと考えたこともある。だけど、その相手が自分になるなんて、まったく予想もしていないことだった。コチュンが答えに困っていると、トギは時間をかけて考えてほしいと告げた。それまで、髪飾りはコチュンの懐に仕舞《しま》われた。

正直なところ、今のコチュンの頭の中は、オリガのことでいっぱいだ。ひどい目に遭ってやしないか、食事はちゃんととれているのか、そればかりを心配していた。

コチュンが物思いにふけっていると、宿舎の玄関《げんかん》を叩く音が響《ひび》いた。

「お久しぶりですコチュンさん。トギさんから宿舎にいると聞いたので、挨拶に来ました」

そこにいたのは、牛相撲の会場で会った、トギの同僚のルマだった。

彼女の肩に雪がのっているのを見て、コチュンは急いで部屋に通した。だが、ルマは上着を脱《ぬ》がないまま、早口で告げた。

「実は、先日トギさんが御者《ぎょしゃ》の仕事を辞《や》めたいと相談してきたんです。コチュンさんと一緒に田舎に帰るつもりだって」

「トギがそんなことを……」

「でも、今朝になって、やっぱり辞められないかもしれないと、話していました。理由はきっと、コチュンさんですよね？」

コチュンには心当たりがある。ルマの言葉に、ドキリと身じろいでしまった。

「やっぱり、そうなんですね」

ルマが悲しそうに呟くと、コチュンはバツが悪くて、項垂《うなだ》れてしまった。しかしルマは、コチュンを黙《だま》らせたままにせず、いきなり手を取って頭をあげさせた。

「コチュンさん、今すぐわたしと一緒に来てください。見てほしいことがあるんです」

「い、今からですか？」

コチュンは返事に戸惑《とまど》った。王宮からの追っ手が、ピンザオ市内をうろついているかもしれない。ところが、コチュンの迷いを断ち切るように、ルマが断言した。

「トギさんに関わることです！」

コチュンが何も言えずにいる間に、ルマはコチュンに外へ出る準備をさせて、かなり強引《ごういん》に雪のピンザオ市内へ連れ出した。

ルマに連れてこられたのは、トギが働く馬車屋の敷地《しきち》だった。運搬用の馬車や雪の上を走るのに使うソリが並び、防寒具をつけた御者と馬たちが、あちこちで準備に追われている。

コチュンは、小麦の集荷《しゅうか》作業に勤《いそ》しむトギを見つけた。トギはほかの御者たちよりも多くの小麦の袋《ふくろ》を運び、休む間もなく馬車の準備を進めている。宿舎で着込んだ防寒着も半分脱いで、帽子から覗《のぞ》く頬には汗《あせ》が光っていた。

「トギさん、誰よりも真面目に働くので、みんなから一目置かれているんですよ」

コチュンは、トギの仕事の話をあまり聞いてこなかったことに気づいた。バツが悪そうに俯くコチュンに、ルマが言った。

「トギさん、いつもコチュンさんの話ばかりするんです。自分が頑張《がんば》るのはコチュンさんのため。あなたに何かあれば、助けられるのは幼馴染《おさななじ》みの自分だけだからって。だから、トギさんの思いを無駄《むだ》にしないであげてください。トギさんにとって、コチュンさんだけが特別な女性なんです」

ルマはそれだけ告げると、コチュンをその場に残して走り去ってしまった。だが、コチュンは、ルマが顔を背けた瞬間、彼女の目じりに涙が伝ったのを見てしまった。

ルマはトギが好きなのだ。でも、トギの思いが報《むく》われるようにと、コチュンの背中を後押ししに来てくれたのだろう。そんな彼女と比べると、いつまでもトギに迷惑《めいわく》をかける自分が情けなくなり、ものすごく惨《みじ》めに思えてきた。

コチュンは、トギの職場をあとにすると、一人で宿舎への道を戻り始めた。


雪はどんどん降り続け、凍《い》てつくような風も吹き出した。こんな厳しい寒さのなか、オリガはどうしているだろう。コチュンは、またオリガのことを考えている自分に気づいて、足を止めた。ついさっきまで、トギの思いにこたえられない自分を責めていたのに……。

あまりの節操のなさに、コチュンは自分が嫌になり、周囲への警戒を怠《おこた》っていた。

その瞬間、反対側から歩いてきた大柄な男性が、すれ違《ちが》いざまにコチュンを物陰《ものかげ》に引きずり込んだのだ。コチュンは口を塞がれ、逃げられないように抱《かか》えられてしまった。

「やめて離《はな》して！」

コチュンは無我夢中《むがむちゅう》で暴れた。振り回した腕が相手の顎《あご》に当たり、押さえつけられる力が緩《ゆる》んだところで、逃げ出そうとした。だが、相手に名前を呼ばれて、コチュンは男を見あげた。驚いたことにそれは、牛相撲の会場で見かけた、あの近衛兵だった。コチュンはすぐさま大声をあげかけた。ところが、近衛兵はコチュンに危害を加えないと仕草で表し、物静かな声で告げた。

「大丈夫、わたしは敵ではありません」

「馬鹿言わないで！」

「わたしの主はトゥルム陛下ただお一人です」

「ど、どういうこと？」

コチュンがトゥルムの名前に反応すると、近衛兵の男はこくりと頷いた。

「わたしは、上皇様の近衛兵を務めるサザといいます。訳あって、今はトゥルム陛下の命令を受け、オリガ殿下が牢屋《ろうや》に幽閉《ゆうへい》されていることを、あなたに伝えに来ました」

「オリガ様が、牢屋に？」

コチュンの身の毛がよだった。やはり恐れていた事態になっているようだ。

「オリガ殿下の正体を知った上皇様は、彼を利用して、ユープー国を傀儡国家にしようと企《たくら》んでいます。ですが、劣悪《れつあく》な環境《かんきょう》に置かれているオリガ殿下は、その前に身体を壊《こわ》し、動けなくなる危険があります」

「そんな、どうにかならないんですか？」

「トゥルム陛下も、王宮内に幽閉されているのです。トゥルム陛下を支持する大臣たちも、みな謹慎を命じられてしまい、オリガ殿下を救える人間は、一人もいません」

「サザさんなら、オリガ様を助けられますよね？」

「わたしはトゥルム陛下を監禁《かんきん》する任務に就いています。トゥルム陛下から此度《こたび》の命を密かに受けることは叶《かな》いましたが、上皇様の目もあり、思うように動けないのです」

サザの説明に、コチュンは血の気が引いてしまった。もう、オリガを助けられる望みはないのかもしれない。すると、サザがコチュンの前に古びた鍵を差し出した。

「これはオリガ殿下が囚《とら》われている牢屋の鍵です。あなたが、オリガ殿下を王宮の外に連れ出してください」

「む、無理ですよ！　わたしはただの女中ですよ？」

「でも、オリガ殿下の傍にいた、たった一人の女中ではないですか」

サザはそう答えると、コチュンの手のひらに無理やり鍵を握らせた。

「王宮に入るときは、あなたが逃げるときに使った抜け穴を通ってください。王宮には緘口令が敷《し》かれ、使用人たちの出入りも制限されています」

「サザさんは上皇様の近衛兵でしょう。どうしてオリガ様を助けてくれるんですか？」

コチュンは、声を尖《とが》らせて問い詰めた。サザの伝言そのものが、上皇が仕組んだ罠という可能性もある。彼らは今までも、そうやってオリガを傷つけてきたのだ。コチュンが疑いの目を向けると、サザは自嘲《じちょう》気味に微笑んだ。

「もしオリガ殿下が死んだら、バンサ国とユープー国の友好の道は永遠に閉ざされ、不要な争いが続いてしまうでしょう。わたしは兵士を率いる立場として、彼らに無駄な血を流させたくないのです」

その静かな語り口には、敵意や策略などは感じられない。コチュンはおずおずと尋ねた。

「もしかして、トゥルム陛下がおっしゃっていた、わたしを王宮の外に逃がす手引きをしてくれた人は、あなたですか？」

「……わたしは、バンサ国の平和を願う、ただの兵士です。今度は、あなたが王宮に入れるよう、わたしが衛兵たちの注意を引きつけます。その騒ぎに乗じて、オリガ殿下を救出してください。あなたなら、オリガ殿下を助け出せる」

サザの返答に、コチュンは手の中の鍵をギュッと握りしめた。

トギが宿舎に帰ると、暖炉の火は消えていて、不自然なくらいに静まり返っていた。いつも出迎《でむか》えてくれていたコチュンが、宿舎のどこにもいないのだ。嫌な予感がしたトギは、コチュンの少ない荷物を確かめて、女中服だけが消えているのに気がついた。

「あいつ、まさか……」

トギは上着を羽織り直すと、宿舎を飛び出した。

その頃コチュンは、王宮の敷地に忍《しの》び込《こ》み、抜け道を通って埃臭い倉庫に戻っていた。

サザが言った通り、王宮内は物々しい雰囲気に包まれていた。コチュンは黄色い女中服に袖《そで》を通すと、自分の代名詞ともいえるお団子髪《がみ》をほどいた。顔に残った傷痕も、オリガに教えてもらった化粧で塗《ぬ》り隠す。こうすれば、たくさんいる女中に紛《まぎ》れられるだろうし、皇后付き女中のコチュンだとは、すぐにはわからないだろう。

手持《ても》ち無沙汰《ぶさた》では怪しまれると思い、コチュンは物置に向かった。この時間だと、女中たちは仕事の真っ最中だ。物置に誰もいないことを確認《かくにん》して、掃除道具を拝借した。

ところがそこへ、誰かが入ってくる物音がした。予想外のことに、コチュンはギクリと身体を強張《こわば》らせたが、入ってきたのは、かつての女中仲間のムイだった。

「えっ、コチュン……？」

ムイはお団子髪をほどいたコチュンに、すぐに気がついた。

「お願いムイ、見逃して」

コチュンは懇願《こんがん》したが、ムイは扉を勢いよく閉めると、コチュンに摑みかかってきた。

コチュンは驚きのあまり声も出せず、されるがままに用具入れに押し込められてしまった。

その直後、再び物置の扉が開いた。

「あーもう、緘口令なんて辛気《しんき》くさくて最悪ね。早く遊びに行きたいわ」

聞こえた声に、コチュンの心臓が縮みあがった。物置に入ってきたのは、先輩のリタと取り巻きの女中たちだったのだ。

「全部あのユープー人のせいでしょ。迷惑な話よね、さっさと首を刎ねればいいのに」

リタが恐ろしいことを口走り、取り巻きの女中たちもくすくすと笑う。コチュンは、もしリタに見つかってしまったらと思うと、恐怖で息をするのも恐ろしかった。

「リタさん。女中長に煙草《たばこ》を没収されたって、本当ですか？」

コチュンを用具入れに押し込めたムイが、突然口を開いた。ムイは用具入れのすぐ目の前にいるため、コチュンはハラハラしながら外の様子をうかがった。

「実はこの前、女中長のお部屋に伺《うかが》う機会があったんですけど、そのとき、机の上にこれがあったんです」

ムイは懐から高価な煙草の箱を取り出した。リタの年齢《ねんれい》で煙草を吸うことはご法度《はっと》のはずだが、彼女は親にせびって煙草を買ってもらっているらしく、悪びれることなく愛煙《あいえん》していた。没収されたはずの煙草が現れたものだから、リタは喜びの声をあげた。

「あたしの煙草じゃない！　ありがとうムイ、あんたって案外、役に立つわね！」

「たまたま、目に入ったので」

ムイが遠慮《えんりょ》がちに答えると、リタは取り巻きを連れて移動した。この裏口には、小さな喫煙所《きつえんじょ》がある。リタはさっそく煙草を吸うために、物置を出て行ったのだ。その途端、ムイが喫煙所の扉に飛びついて、音が出ないように鍵をかけてしまった。

「コチュン、もう出てきても大丈夫だよ」

ムイはコチュンが隠れている用具入れを開き、遠慮がちに微笑んだ。

「ムイ……わたしを庇ってくれたの？」

「当然じゃない、だってコチュンは、いつもわたしを助けてくれたでしょう？」

ムイはコチュンの手を取ると、申し訳なさそうにくしゃっと顔を歪めた。

「この間は、コチュンを無視してごめんね。わたし、リタ先輩にコチュンと話をするなって命令されてて……本当にごめんね」

「そうだったんだね。……リタ先輩から守ってくれて、ありがとう」

コチュンはムイと姉妹《しまい》のように抱き合った。久しぶりに親友の顔を見て、心の底からホッとした。だが、ムイは心配そうな顔でコチュンに告げた。

「ニジェナ皇后様がユープーの密偵《みってい》だってわかって、大変な騒ぎになってるでしょ。蓮華の宮の女中さんたちも、みんな尋問にかけられたんだよ。コチュンは大丈夫なの？」

「わたしはすぐに王宮の外に逃がしてもらえたから大丈夫。蓮華の宮のみんなは皇后様の正体を知らないから、ひどいことにはなってないと思うんだけど……。ムイ聞いて。わたし、ニジェナ様を助けるために戻ってきたの」

コチュンが答えた途端、ムイは目を剝いて大声を出した。

「嘘でしょコチュン！　ニジェナ皇后様は、バンサ国の情報をユープー国に渡《わた》して、戦争をしかけようとしていた悪人だって聞いてるよ」

その話に、コチュンは言葉を失った。両国の平和のために奔走《ほんそう》した彼の行動が、逆の意味に使われてしまうなんて。コチュンは力を込めてムイに言った。

「とんでもないデタラメだよ。お願いムイ、あの人を助けるのを手伝って」

「コチュンは、あの人が誰なのか知っているの？」

「……実は、あの針を取り戻しに行った日に、皇后様の秘密を偶然知っちゃって……嘘をついていたけど、あの人の和平に懸ける思いは本物だって思ったから、秘密を守ることにしたの。本当にいい人なの。お願い、信じてムイ」

コチュンが頭を下げて頼み込むと、ムイは戸惑いながらも頷いた。

そのとき、裏口の扉がガタガタと揺れ出した。

「ちょっと、鍵がかかってるんだけど⁉」

コチュンとムイは、リタたちが騒ぎ始める前に、物置を飛び出した。


王宮の書斎《しょさい》では、トゥルムが窓の傍に立って外を見下ろしていた。その背中に、近衛兵のサザが声をかける。

「トゥルム陛下、例の女中が戻ってまいりました」

「そうか……警備のほうに支障はないのか？」

「ええ、まったく。牢屋の監視役に、別の仕事を与えたくらい平和ですね」

サザが平然と手を回したことを暴露《ばくろ》すると、トゥルムは困ったように笑い出した。

「なあサザ、子どもの頃に、こっそり煙草を吸ったことはあるか？　わたしはもう長いこと煙草を吸っていないんだが、こんな夜ぐらい、たまには火をつけてみようと思う」

「よい案ですね。監視役として、ご一緒させていただきます」

サザが短く頷くと、トゥルムは窓から見える、蓮華の宮を見下ろした。煙草を吸いに出かけるには、ほどよく遠くて、ほどよく目立つ蓮華の宮はぴったりだった。


王宮の回廊《かいろう》に掃除道具を積んだ荷車が現れた。取っ手を握るのは女中のムイだ。古い石積みの廊下《ろうか》を進んでいくと、王宮の華《はな》やかな雰囲気から、暗くて陰気《いんき》な空気が漂《ただよ》い始める。

「コチュン、もうすぐ地下牢《ちかろう》だよ」

ムイは額の汗を拭うと、周りを警戒しながら掃除道具に声をかけた。荷車の掃除道具がカタンと揺れて、大きな桶《おけ》の中からコチュンが顔を覗かせた。

「ムイ、危ないと思ったら、荷車ごとわたしを置いていってね」

「大丈夫、もう着いたよ」

ムイは古い扉の前で荷車を止めた。そのとき、廊下の奥から二人組の衛兵がやってきて、ムイを怪しんで声をかけてきた。

「おい、なんで女中がこんなところを歩いてるんだ」

「すみません、昼間の仕事に来たときに、箒《ほうき》を忘れてしまったみたいで」

ムイは笑顔を取《と》り繕《つくろ》うと、手に持った箒をこれみよがしに見せた。しかし、衛兵たちは簡単には信用せず、ムイが運んでいた荷車の中を検分し始めた。一番大きな桶に目を留めると、衛兵は蓋《ふた》を開けて中を覗き込んだ。だが、中は空っぽだ。

「あのう、もう行っても良いですか？」

ムイは衛兵に遠慮がちに微笑むと、そろそろと荷車を押して歩き出した。

間一髪《かんいっぱつ》で、コチュンを逃《に》がせてよかった。さっきまで桶に潜《ひそ》んでいた友人は、今頃《いまごろ》地下牢に続く階段を降りているだろう。


明かりがまったくない階段を、コチュンは手探《てさぐ》りだけで降りきった。だんだん天井《てんじょう》が低くなってきて、足が地面に着くと、薄暗《うすぐら》い地下牢にたどり着く。

「こんな狭《せま》い所だなんて、知らなかった」

コチュンは粗末《そまつ》な燭台を手に取ると、地下牢の中を一つ一つ確認し始めた。牢屋はがらんとしていて、囚人《しゅうじん》の姿はどこにもない。だが、地下牢の一番奥を覗き込んだとき、格《こう》子《し》の中で何かがもぞりとうごめいた。

「オリガ様……ですか？」

コチュンが呼びかけると、その人影《ひとかげ》が、明かりを手繰《たぐ》り寄せるように近づいてきた。

「コチュ……ン？」

「オリガ様！」

コチュンは、鉄格子《てつごうし》を握りしめて叫《さけ》んだ。燭台の明かりに照らされ、青白い顔をしたオリガが弱弱しく微笑んだのだ。

オリガの牢屋は、サザに渡された鍵で無事に開いた。ところが、オリガは立ちあがろうとしない。薄暗く視界が鮮明《せんめい》ではないので、コチュンも牢屋に入って、オリガの様子をうかがった。

「オリガ様、しっかりして！」

彼の異変に気づいたコチュンは、大声をあげてしまった。オリガは、くたびれた布団の上に、ぐったりと座り込んでいたのだ。牢屋の中は、粗末な寝床《ねどこ》と排泄《はいせつ》のための設備があるだけで、暖を取るための火も、食事をするための机もない。こんな劣悪な環境《かんきょう》に長く置かれたせいで、オリガは自力で動くこともままならないほど、衰弱《すいじゃく》していたのだ。

「オリガ様、わたしに摑まって。立てますか？」

オリガを抱えると、彼がさらに痩せ細ってしまっているのがわかった。コチュンは涙をにじませながら、オリガのやつれた頰を撫でた。

「もっと早くオリガ様を助けに来るべきでした。すぐにここから出ましょう」

ところが、オリガは弱弱しい力でコチュンを押し返し、牢屋の中に座り直してしまう。

「オレは、バンサの法律で、どんな刑《けい》にも処される覚悟だ。裁きを受けるまで、ここで待つ。お前は、さっさと帰れ」

コチュンは、オリガの言い分に啞然《あぜん》とした。

「な、なにを言ってるんですか！　このままだと、裁きを受ける前に病気で死んじゃいますよ！」

「なら、それが裁きなんだ。おれは王女に成りすますという、とんでもない嘘をついたんだ。正体がバレたからには、外交問題がさらにこじれる前に、おれが罪をかぶって死ねばいい」

「そんな簡単な問題じゃないでしょ！」

コチュンはオリガの胸元に摑みかかると、青白い顔を睨みつけた。

「トゥルム様も幽閉されていて、ユープー国との同盟関係を守れる人は一人もいません！

それどころか、上皇様は、オリガ様を利用してユープー国を支配下に置くつもりです。あなたに罪を償わせることなんか、考えてもいないんですよ！」

コチュンは厳しい言葉で現実を突きつけた。弱ったオリガは、返す言葉もないようだ。

コチュンはオリガを引っ張り起こすと、彼の信念を打ち直すように告げた。

「だからこそ、オリガ様は、別の方法で友好関係を作ってください。そうじゃないと、バンサ国とユープー国はいつまでも憎み合うだけです」

すると、オリガは目を覚ましたようにコチュンを見た。やっとオリガと目が合ったコチュンは、もう一度オリガに言った。

「あなたは、こんなところで死んではいけません」

言うが早いか、コチュンはオリガを牢屋から連れ出そうとした。だが、オリガはまたコチュンを引き留めた。

「わかった、お前の言う通りにする。だけど、お前は先に行け。牢屋から囚人を逃がしたと知られたら、またかぶらなくてもいい罪を負うことになるぞ」

だが、オリガは一人で歩けないほど弱っている。コチュンがいなければ、牢屋から出ることもままならないはずだ。コチュンは足を止めると、オリガに尋ねた。

「オリガ様は、皇后の衣装を身にまとったとき、やめろと言われてやめましたか？」

二人の目線がぶつかると、つかの間の沈黙が流れた。先に根負けしたのは、オリガだ。

「おれは、平和のためなら耐《た》えられると思った」

「わたしも同じ覚悟です。あなたのためなら、追われる身になってもいい」

「捕《つか》まったら、今のおれのようになるかもしれないぞ」

「それでも、わたしはオリガ様を一人にしない」

コチュンは笑顔で答えると、オリガを抱きしめた。

「わたしは、あなたの味方です」

オリガは驚いて息を止めた。小柄《こがら》な少女に抱きしめられただけで、牢屋の中で味わった孤独《こどく》や絶望が消え去り、どんな困難でも乗り越えられそうな気持ちが、ふつふつと湧《わ》きあがってきたのだ。

オリガも、コチュンの背中に手を回し、きつく抱きしめた。

「コチュン、ありがとう」

オリガはコチュンの頭に頬を寄せると、詰めていた息を吐き出した。思いのほかオリガの抱擁が力強くて、コチュンは逆に息が詰まりそうだった。それでも、胸《むね》の奥に心地《ここち》よい熱がじんわりと広がるのを、自覚せずにはいられなかった。


二人が地下牢を出ると、焦《こ》げた臭《にお》いが風にのって漂っていた。コチュンは鼻にしわを寄せて、違和感《いわかん》の正体を探《さぐ》った。

「オリガ様、あれを見てください」

コチュンが指をさした。王宮の上空に、真っ黒な煙《けむり》が立ちのぼっていたのだ。しかしオリガは安心させるように、コチュンに寄りかかった腕に力を入れて囁いた。

「あの煙のおかげで、見張りが手薄《てうす》になっているみたいだ。今のうちに、王宮を出よう」

「急ぎます。しっかり掴まってくださいね」

コチュンはオリガを抱え直すと、足早に歩き出した。

オリガの言う通り、王宮の回廊に衛兵の姿はない。ただの女中と病弱な囚人でも、難なく脱出《だっしゅつ》できるほどに王宮は大きな問題に見舞《みま》われていた。湖の畔《ほとり》にある蓮華の宮が、火柱をあげて燃えていたのだ。王宮中から衛兵や使用人が集められ、必死の消火活動が続けられている。しかし火の勢いは増すばかり。湖に囲まれ、大雪も降っているおかげで、王宮本殿《ほんでん》への延焼《えんしょう》や市街地への被害《ひがい》はないと思われるが、王宮は大騒《おおさわ》ぎだ。

そこから少し離れた湖の畔で、トゥルムが佇んでいた。口には短くなった煙草を咥《くわ》えている。蓮華の宮からのぼる黒煙《こくえん》と、吐き出した煙草の煙が、同じ空に流れていった。

「トゥルム、貴様、なぜここにいる！」

空を破るような怒声《どせい》が飛んできた。顔を真っ赤にしたガンディクが、トゥルムを見つけて駆け寄ってきたのだ。バンサ皇室の由緒《ゆいしょ》ある離宮《りきゅう》が燃え崩れ、ガンディクは大慌《おおあわ》てだった。あの炎《ほのお》の中には、トゥルムの私物やユープーからの輿入《こしい》れ道具もある。それらもすべて灰になっているはずだが、トゥルムは煙草の煙を吐くと、涼《すず》しい顔で父に答えた。

「たまには、夜風に当たりながら煙草でも吸おうかと思いましてね」

「まさか、お前……」

ガンディクは、トゥルムが蓮華の宮に火をつけたことを察して、息子に掴みかかった。

「このろくでなしめ、今度という今度は、貴様を殺してやる！」

「どうぞ、父上のお好きなようになさってください。ですが、皇帝が他国の王族と共謀して偽装《ぎそう》結婚をでっちあげ、挙げ句の果てには離宮に火を放って処刑《しょけい》されたなんて、バンサ皇室の歴史にとんでもない汚点が残りますね」

ガンディクは、トゥルムを殴《なぐ》り飛ばして衛兵たちに命令した。

「このバカ息子を牢屋に放り込め！　二度と外に出られないようにしろ！」

だが、兵士たちは若い皇帝を捕縛《ほばく》することに躊躇《ちゅうちょ》を見せた。ガンディクがさらに怒号を放とうとしたとき、一人の近衛兵が飛び出してきて、トゥルムを縛《しば》りあげた。

「火遊びがうまくいきましたね」

サザはトゥルムを拘束《こうそく》しながら耳元で囁いた。

「まあな。そっちの首尾は？」

「侵入者《しんにゅうしゃ》や脱獄者《だつごくしゃ》がいたという報告は、受けていません」

トゥルムは、サザの返答に満足そうに微笑んだ。陽動作戦は、うまくいったようだ。

コチュンは倉庫に隠された抜け穴を使って、オリガを王宮の外に連れ出した。

「まさか、王宮の外に出られるなんて、夢みたいだ」

「まだ油断できません、気をつけてください」

コチュンはオリガに注意した。王宮の周りには、かなりの数の見物人が集まってきている。どうやら、蓮華の宮からのぼった黒煙が、市街地にまで広がっているらしい。

「オリガ様、あの群衆に混じりましょう」

コチュンはオリガの手を取ると走り出した。ところが、野次馬のなかから二人をけん制する声が飛んできた。

「待て、お前たち！」

群衆の警備にあたっていた衛兵に、見つかってしまったのだ。コチュンは咄嗟にオリガを庇おうとしたが、オリガの長い腕に押さえつけられ、逆に庇われた。

「おれはいい、団子は走って逃げろ」

「そんなことできません！」

コチュンはオリガを支えて走り出したが、兵士に追いつかれるのも時間の問題だ。万事《ばんじ》休すかと思ったそのとき、群衆が悲鳴をあげて左右にわかれ、三頭の馬に引っ張られたソリが、ものすごい勢いで駆け込んできたのだ。

「乗れ、コチュン！」

ソリの上から、必死の形相をしたトギが叫んだ。コチュンはハッと我に返ると、面食らっているオリガを押して、ソリの中に転がり込んだ。

「行くぞ、摑まれ！」

すかさずトギが馬に鞭《むち》を入れた。三頭の馬たちは、雪を蹴《け》り走り出した。その勢いに、コチュンとオリガは姿勢を崩して悲鳴をあげる。

「トギっ、追っ手が来るよ！」

頭をあげたコチュンの目に、馬に乗って追いかけてくる衛兵たちが見えた。

「坊《ぼ》っちゃん育ちの王宮馬なんかに、馬車引きで鍛《きた》えた馬が負けるわけねえだろ！」

トギの自信を裏付けるように、三頭の馬たちは恐ろしいほど加速し、雪を蹴散《けち》らした。

だが、訓練された王宮の馬たちも、ソリに追いつく勢いで速度をあげている。このままでは追いつかれると悟ったコチュンは、ソリに積まれていた麦の袋を、次々に投げ落とした。

すると、追っ手の馬たちは驚いて飛びあがり、衛兵たちが落馬するのが見えた。

「やった！」

「コチュン、このまま山道に向かうぞ、かなり揺れるから気をつけろよ」

トギは一心不乱に馬を操《あやつ》りながら、声を張りあげた。

「トギ、どうしてわたしが王宮に戻ったってわかったの？」

「お前のやりそうなことなんて、簡単に想像つくからな！　どんな理由があるか知らねえけど、お前が衛兵に追われてるなら、助けないわけにはいかないだろ！」

振り返ったトギの顔には、緊張で汗が滝《たき》のように流れていた。

「ありがとう、トギ」

「別にいい。どうせこの大雪で山道は塞《ふさ》がっちまう。都落ちにはもってこいの日和《ひより》だ」

馬たちは市街地を抜け、雪原を走り抜けた。トギはやっと落ち着いた声で、荷台の二人を振り返った。

「ここまで来れば大丈夫だろう」

するとオリガは、緊張の糸が切れたように倒れてしまった。コチュンはオリガを抱き寄せ、必死に体を温めようとした。トギが訝《いぶか》しげにオリガを睨む。

「ところで、そいつは誰なんだよ？」

「この人は……ニジェナ皇后様だった人だよ」

コチュンが打ち明けると、トギは馬を操りながら馬より大きい衝撃の声をあげた。

第四章 ◈ コチュンとオリガ

コチュンの生まれ育ったラムレイ地方は、バンサ国の北に広がる山岳地帯《さんがくちたい》だ。かつては一つの国だった歴史をもち、今でも独特の文化が色濃《いろこ》く残っている。酪農《らくのう》が主な産業で、夏は涼《すず》しく、冬になると深い雪に覆《おお》われる。特にコチュンの生家があるミール村は、雪で道が埋《う》まり、外部との交流が遮断《しゃだん》されてしまうほどの豪雪《ごうせつ》地帯だ。

オリガは酷《ひど》い栄養失調と低体温症をおこし、この村に着いてからも布団《ふとん》に臥《ふ》せる状態が続いていた。三日ほど経《た》って、ようやく身体《からだ》を起こすことができるようになった。

「よう、起きたかよ」

オリガが初めて見る雪景色をしげしげと眺《なが》めていると、部屋に男が入ってきた。

「お前は、トギとか言ったか？」

「皇后の野郎《やろう》さまに覚えていただけるとは、光栄の極《きわ》みでございますね」

トギは鼻で笑うと、ずかずかと歩み寄ってきて、湯気の立った乳粥《ちちがゆ》を差し出した。

「起きあがれるなら自分で飯も食えるだろ。さっさと食って、コチュンに礼を言うんだな。お前が寝《ね》てる間、つきっきりで看病をしてたんだぞ」

「あの子は、今どこに？」

「家の仕事をしてるよ」

トキは腰《こし》に手を当て、怪訝《けげん》そうに眉《まゆ》を寄せた。

「そう不安な顔をするなよ。おれたちの足跡《あしあと》は雪で消えたし、こんな雪山に王宮からの追っ手も来ねえ。村人も家族みたいなもんだから、お前を王宮に差し出すこともない」

「……何からなにまで、すまない」

「別にいいよ、困ったときはお互《たが》い様だ……けどな、これだけは言っておく」

トキは改まった声で告げると、オリガを睨《にら》みつけた。

「これ以上、お前らの問題にコチュンを巻き込むな。もし、またコチュンを危ない目に遭《あ》わせたら、お前を雪山に埋めてやるから、覚悟《かくご》しとけよ」

トキはオリガの返事も聞かずに部屋を出て行った。残されたオリガは、おずおずと乳粥を口に運んだ。滑らかな甘さが口に広がり、くたびれたオリガの身体に染《し》み渡《わた》った。

コチュンは、牛たちの身体についた汚《よご》れを払《はら》い、毛並みを整えてやっていた。コチュンの家は、ささやかな家畜《かちく》小屋を有する、昔ながらの農家だ。家畜のラムレイ牛は、夏の間は滑《なめ》らかな短毛だが、冬になると真綿のような薄《うす》灰色の毛並みに生え変わる。ふわふわの毛並みは、どんな動物よりも暖かく、潤《うる》んだ大きな瞳《ひとみ》が可愛《かわい》らしい。だが、身体はどの動物よりも大きく、立派な角は勇ましかった。

牛から離《はな》れたコチュンは、小屋の入り口にオリガがいるのに気がついた。

「オリガ様、もう起きあがっても大丈夫《だいじょうぶ》なんですか⁉」

「ああ、団子のおかげで、かなり良くなった。世話をかけたな」

オリガが弱弱しくはにかむと、コチュンはオリガに駆《か》け寄《よ》って抱《だ》きついた。

「よかった、元気になって！」

「お、おい、大袈裟だぞ！」

オリガは真っ赤になってコチュンを引き離した。

「すいません、つい、嬉《うれ》しくなっちゃって」

「いや、おれこそ。悪かった」

オリガは気まずそうに頭を掻《か》き、小屋にいる牛たちに目を向けた。

「あの牛は何という名前だ？　見たことがない種類だ」

オリガは牛たちを怯《おび》えさせないようにゆっくり近づいた。どうやら、動物好きの性分《しょうぶん》が止められなくなったらしい。心配するコチュンをよそに、楽しそうに牛を観察し始めた。

「大きくて可愛い牛だなあ。角は立派だし、不思議な毛並みだ」

「この地方原産の、ラムレイ牛というんです。この子たちの冬毛は暖かくて丈夫《じょうぶ》なので、糸を紡《つむ》いで、衣服や日用品を編むんですよ」

「革《かわ》じゃなくて毛を加工するのか？　すごいな、初めて聞いたよ」

オリガの興奮した様子が面白くて、コチュンは噴《ふ》き出《だ》してしまった。

「オリガ様、思ったより元気そうですね」

だが、コチュンの目からは涙《なみだ》があふれ出し、オリガはギョッとしてコチュンの傍《そば》に戻《もど》った。

「どっ、どうしたんだ？　もしかして、おれが臥せてる間に何かあったのか？」

「ううん、違《ちが》うんです。安心したら、急に涙が出てきちゃって」

コチュンは泣きながら笑い、涙を拭《ふ》いて顔を綻《ほころ》ばせた。

「ほんとうに、良かった」

オリガは、コチュンの顔をまじろぎもせずに見つめた。いつものコチュンは、スカッとした性格の元気な少女なのに、自分を心配して泣いている顔は儚《はかな》げだ。

オリガは、思わずコチュンを抱きしめそうになった。だが、コチュンが笑顔《えがお》で尋《たず》ねた。

「母屋《おもや》のほうに、ラムレイ牛の毛で作った服があるので、着てみますか？」

オリガは伸《の》ばしかけた腕《うで》を、コチュンにバレないように引っ込めた。

「ぜひ見せてくれ」

「これが、ラムレイ牛の毛で作ったラムチェという服です。この地方の古い言葉で、牛の抱擁《ほうよう》という意味があるんですよ」

コチュンが牛の毛で編んだ衣服を広げると、オリガは毛糸の感触《かんしょく》を確かめるように触《さわ》り、モコモコの上着に顔をうずめた。袖《そで》を通すと、オリガは感激のあまり身震いした。

「さすが寒冷地の牛の毛だ。ものすごく暖かいのに、信じられないくらい柔《やわ》らかい」

「ラムレイ牛の体毛は、家畜のなかで一番軽く、保温性も高いんです。だけど、一頭の牛から一着も作れないほど希少なものなので、ラムチェは市場に並びません。雪山で生きるための大事な防寒着なんです」

「この繊細《せんさい》な網目《あみめ》模様も芸術的だ。牛の毛に負けないくらい、服そのものがしっかりしている。どんなに動いても煩《わずら》わしくない。もしかして、これを作ったのも団子なのか？」

「実は、そうなんです」

コチュンは頬《ほお》を染めて頷《うなず》いた。自分で作ったラムチェが、ここまで絶賛されるとは思わなかったのだ。すると、オリガはコチュンの謙遜《けんそん》を吹き飛ばすように、さらに興奮した。

「すごいな、こんな技術、どの資料でも見たことがないぞ。前から思っていたんだが、団子は王宮で女中をするより、服飾《ふくしょく》の職人になったほうが向いているんじゃないか？　今までも、見事な衣装《いしょう》を仕立ててきただろう」

その途端《とたん》、コチュンは顔を曇《くも》らせた。

「わたしには、無理ですよ」

「そんなことない、コチュンの手は、魔法《まほう》の手みたいだよ」

オリガの言葉に、コチュンは恥《は》ずかしがりながらも、おかしくて笑い出した。

「魔法の手って、オリガ様も可愛いこと言うんですね」

「何言ってんだ、お前のほうが可愛いよ」

オリガもつられて笑い出したが、無意識に口走った自分の言葉に驚愕《きょうがく》した。目の前のコチュンも、びっくりして笑うのをやめている。

「わ、悪い！ 頭がぼうっとして、口が滑《すべ》ったんだ。今のは忘れてくれ！」

だが、一度聞いた言葉を忘れるなんて、できるはずがない。コチュンは顔を真っ赤にして立《た》ち尽《つ》くし、オリガも、自分がコチュンを可愛いと思っていることを自覚して、狼狽《うろた》えてしまった。

この気まずい沈黙《ちんもく》を、どうやって戻そうか二人があたふたしていると、家の奥から物音が聞こえてきた。

「あらコチュン、お友達の具合は良くなったの？」

薪《たきぎ》を腕いっぱいに抱《かか》えた女性が、のっそりと部屋に入ってきたのだ。おかげでコチュンとオリガのぎこちなさは消えたが、オリガは何となく損をした気持ちになっていた。

部屋に入ってきた女性は、オリガを見てにっこりと微笑《ほほえ》んだ。

「元気そうでよかったわ。今お食事を作りますからね」

「ヒン叔母《おば》さんは座ってて。家にいるときぐらい、わたしが作るから」

コチュンは彼女から薪を受け取ると、オリガに紹介《しょうかい》した。

「オリガ様、この人はわたしの叔母のヒンです」

「よろしくね、オリガさん。くつろいで待っていてくださいね」

「さっき乳粥をもらったばかりだ。それより、世話になった礼をさせてくれ」

オリガが慌《あわ》てて断ると、ヒンは愉快《ゆかい》そうに笑い出した。

「遠慮《えんりょ》しないで。この家にお客様が来るなんて、コチュンが生まれたとき以来だもの」

ヒンは嬉しそうに告げると、のろのろと台所に向かった。その背中を目で追って、オリガはハッと息を呑んだ。ゆっくり歩くヒンには、足が一本しかなかったのだ。


賑《にぎ》やかな食事のあと、コチュンはオリガのためにツツロという飲み物を用意した。ラムレイ牛の乳を甘く煮詰《につ》め、酒を少し混ぜて飲みやすくしたものだ。二人はラムチェを羽織って牛小屋の中に座り、ほろ苦いツツロをチビチビと啜《すす》った。ラムチェとツツロのおかげで、身体が温かい。他愛のない雑談を続けていると、コチュンがぽつりと切り出した。

「オリガ様、驚きましたよね。ヒン叔母さんは病気を患《わずら》って、片足しかないんです」

「彼女が元気すぎて最初は気がつかなかった。明るい性格は、お前そっくりだな」

オリガが答えると、コチュンはくすりと笑った。

「よく言われます。わたしの両親が早くに亡《な》くなったので、ヒン叔母さんがわたしを引き取って育ててくれました。でも、叔母さんは足が悪いので、わたしが、叔母さんの生活を守るために、たくさんお金を稼《かせ》がなきゃならなかったんです」

コチュンはツツロを啜って口を潤《うるお》した。

「オリガ様、さっきわたしに女中をやらずに職人になればいいって言いましたよね。だけど、裁縫《さいほう》の仕事は賃金が安いし、収入が安定しないから、選べなかったんです」

「そうだったのか……無責任なことを言って、悪かった」

「いいんです。服飾の職人に憧《あこが》れてるのは事実ですし。でも、女中の仕事もけっこう好きなんですよ。おかげで、オリガ様とも出会えましたからね」

コチュンが明るく語ると、オリガの表情も緩《ゆる》んだ。

晩餐会《ばんさんかい》の日に、トゥルムに言われた言葉の意味がようやく理解できた。バンサ国に来てから、いろいろなことが変わった。そのなかで最も大きな変化は、信じられる相手ができたことだ。オリガは自分でも気づいている以上に、特別な思いをコチュンに抱《いだ》いている。

「おれも、お前に出会えてよかったと思う。でも、お前をこんな状況《じょうきょう》に巻き込んでしまった」

自分がついた大嘘《おおうそ》に付き合わせたばかりに、コチュンを危険に晒してばかりで、田舎《いなか》の暮らしまで脅《おびや》かす羽目になってしまった。どんなに彼女を好きでも、オリガがコチュンに与《あた》えたものは、償《つぐな》えない罪ばかりだ。

「全部おれのせいだ……本当にごめん」

オリガは突《つ》っ伏《ぶ》して謝った。コチュンは優《やさ》しい笑《え》みを浮《う》かべると、明るい声で、オリガを励《はげ》ますのだった。


ミール村に身を寄せて、一か月が経った。オリガの痩《や》せ細《ほそ》った身体は少しずつ元に戻り、コチュンの家の雑務をこなせるほどに回復していた。長い金髪《きんぱつ》をキュッと結び、農民の服を着るオリガに、美しい皇后の面影《おもかげ》はない。

「屋根の雪かきは終わったぞ。ほかに余っている仕事はあるか？」

オリガは三角屋根を滑《すべ》り降《お》り、雪の上に華麗《かれい》に着地した。ついこの間まで、雪を見たことがないと言っていたのに、今のオリガは雪山の暮らしにすっかり順応している。コチュンは感心しながら、残っている雑用を思い浮かべた。

「えっと、これから牛の餌《えさ》を運ぶので、手伝ってもらえると助かります」

「よし、任せろ」

「オリガ様、ずっと働きっぱなしじゃないですか。少し休憩《きゅうけい》を挟《はさ》みませんか?」

「おれのことは気にするな。牛たちが腹を空《す》かせていたら可哀《かわい》そうだろ」

言うが早いか、オリガは雪の中をずんずん進み、干し草がある貯蔵庫に向かった。

今でこそ精力的にコチュンの家の仕事に取り組むオリガだが、当初はバンサとユープーの外交についての情報を得ようと必死だった。だが、雪で閉ざされた村に王宮の近況《きんきょう》なんて入ってくるわけがない。オリガがどんなに気をもんでも、何もできないのが現実だ。

だからオリガは、その無力感をぶつけるように働いた。ままならない外交問題にやきもきしていたオリガだったが、牛の世話をするうちに明るさが戻っていく。コチュンは牛の毛繕《けづくろ》いをしながら、牛舎の掃除《そうじ》をしているオリガに言った。

「オリガ様って、本当に牛の世話が好きなんですね。今すぐ農民になれそうですよ」

「そうだろ、おれも王宮でふんぞり返っているより、こっちのほうが百倍楽しいよ」

オリガは嬉しそうに答えたが、ふいに掃除の手を止めると、コチュンに言った。

「なあ団子、その改まった話しかたはやめないか? おれのことも敬わなくていい。普通《ふつう》にオリガと呼び捨てにしてくれ」

「急にどうしたんですか」

「前から言おうと思っていたんだ。おれはもう皇后ではないし、団子を女中として雇う立場でもない。だから、対等な関係になるべきじゃないか？」

オリガは真面目な気持ちで提案した。コチュンの家の仕事をするのは、コチュンの生活を脅かした償いのつもりだった。それなのに、コチュンが今も王宮にいるときのように接してくるのが、不自然だと感じたのだ。

だがコチュンは、オリガの気持ちなどおかまいなしに、首を横に振《ふ》った。

「嫌《いや》ですよ、今さら変えるなんて難しいです」

「でも、おれは納得《なっとく》できない」

オリガが食い下がると、コチュンは試《ため》すように告げた。

「オリガだって、わたしの名前を呼ばないでしょ」

馴れ馴れしくした途端、オリガはギョッとして箒《ほうき》を落とした。

「わかりやすい反応ですね」

「ばか、笑うなよ」

「いつも〝おい〟とか〝団子〟って呼ぶでしょう？　本当は名前で呼んでほしいんです」

「今までだって呼んだことあるだろ」

「そうじゃなくて、ちゃんと呼んでほしいんです」

今度はコチュンが食い下がると、オリガは墓穴《ぼけつ》を掘《ほ》ったみたいに顔を赤らめた。

「わかったよ、コ、コチュン……これでいいか？」

するとコチュンは、ケラケラ笑いながら指摘《してき》した。

「言い慣れてない感じが出てますよ」

すると、オリガもおかしくなって笑い出した。

二人で笑い合っていると、牛小屋の外から声がかけられた。

「よう、コチュン。ユープー野郎も元気そうだな」

馬に乗ったトギが、コチュンの家の牛小屋に顔を見せたのだ。

「いらっしゃい、トギ。どうしたの？」

「うちの親父《おやじ》に、コチュンを呼んでくるよう言われたんだ。見てもらいたい子牛がいてさ」

トギが沈《しず》んだ口調で答えたので、コチュンとオリガは、不安そうに顔を見合わせた。


トギの家には、トギの家族が手分けして働く大きな牛舎がある。牛に餌をやっていたトギの兄夫婦《ふうふ》が、コチュンに気づいて手を振ってくれた。彼らが世話をする牛の多さに、オリガはさっそく目を輝《かがや》かせた。

「お前の家では、何頭くらいの牛を飼ってるんだ？」

「全部で四十頭くらいだよ。去年からラムレイ牛のほかにバンサ牛も飼い始めたんだ。ほら、あの牛だよ。ピンザオ市の牛相撲《うしずもう》にも、同じ種類の牛が出てたろ」

「縄張り争いにはならないのか？」

「家族の話じゃ、一度もないらしい。ラムレイ牛は温厚《おんこう》だから、ほかの牛に喧嘩《けんか》を売られても相手にしないんだ。それどころか、餌場を分け合う余裕《よゆう》も見せるんだぜ」

トギの話に、オリガはますます興味を掻き立てられ、さらに質問を繰《く》り返《かえ》した。二人は家畜の話に花を咲《さ》かせ、コチュンそっちのけで楽しんでいる。

ところが、問題の牛舎に着くと雰囲気《ふんいき》は一変し、トギの父親が暗い顔で出迎《でむか》えた。

「待ってたよコチュン。それと、君が噂《うわさ》のユープー国から来た人だね」

「わたしの友人のオリガです。牛のことにとても詳《くわ》しいので、一緒《いっしょ》に来てもらいました」

コチュンが紹介すると、トギの父親はオリガと握手《あくしゅ》を交《か》わした。

「それはありがたい。子牛の一頭が衰弱死《すいじゃくし》してしまうかもしれないんだ」

トギの父親は、二人を子牛のいる牛舎に案内した。そこの単房《たんぼう》には、か細い子牛がいた。ほかの牛より元気はないが、つぶらな瞳を見た途端、コチュンとオリガは声を揃《そろ》えた。

「可愛い」

「コチュンの家にあげてもいいんだけどな。この牛を育てても採算は取れないと思う」

トギの提案に、コチュンは悲しそうに首を振った。

「わたしの家じゃ、今いる牛を育てるだけで精《せい》いっぱいなの。だから、それは難しい」

「もし毛皮だけでも使えそうなら、春前には持っていくよ」

冬を越せない子牛は、身体が健康なうちに加工してしまうしかない。雪が降っている間に毛を刈《か》ってしまうと、身体が未熟な子牛は寒さに耐《た》えきれず死んでしまう。トギの父親は、子牛の寿命《じゅみょう》を決めるためにコチュンを呼び寄せたのだ。

「もし、加工するしか方法がないのなら、そういう形で譲《ゆず》り受《う》けます」

コチュンが悲しげに子牛の頭を撫《な》でると、トギとトギの父親は葬式《そうしき》のように沈んだ顔をした。ところが、オリガだけがいつもの調子で声をあげた。

「子牛は、この干し草を食べてるのか？」

三人はオリガを振り返り、面食らってしまった。なんとオリガは、牛の餌箱から干し草や籾殻《もみがら》を引っ張り出し、自分の口に運んでいたのだ。オリガは口をモグモグさせながら、子牛の単房に入ると、子牛の顔を撫で回し、単房の柵《さく》を注視した。

「この子牛は柵をかじる癖《くせ》があるな。柵をかじるのは牛がイライラしている証拠《しょうこ》だぞ。何か心当たりはあるか？」

「最近、南部のバンサ牛を飼育し始めたから、そっちにばかり気を取られていてね。ラムレイ牛の哺乳《ほにゅう》や給餌《きゅうじ》の時間は、不規則になりがちなんだ」

トギの父親が白状すると、オリガは厳しい口調で返した。

「子牛の哺乳は、寒冷地で牛を育てる基本中の基本だぞ！　慣れない牛の飼育が大変なのはわかるけど、生き物を育てる以上、いい加減に接しちゃだめだ！」

オリガのもっともな叱責《しっせき》に、トギの父親はシュンと俯《うつむ》いた。オリガは子牛に向き直ると、じっくり考えながら話を続けた。

「この子牛は噛《か》み癖《ぐせ》のせいで口内の炎症《えんしょう》を起こして、餌を食べる体力も気力もないんだろう。消化不良のせいで、脱水症状《だっすいしょうじょう》もあるみたいだ。今までの餌をいったん中止して、人工の栄養剤《えいようざい》を作って飲ませてやろう」

オリガは、栄養剤の材料を揃えるように言った。だが、トギの父親は驚《おどろ》いて尋ねた。

「君の国では、牛のことを人間みたいに扱《あつか》うのかい？」

「牛だって生き物なんだから、具合が悪けりゃ医者に診《み》せるし、薬だって用意する。子牛を死なせたくなかったら、さっさと働くんだ！」

オリガが発破《はっぱ》をかけると、トギの父親は走り出した。その背中を見ながら、トギが落ち込んで言った。

「ごめん、おれがふがいないばかりに……お前の言う通りだ。いい加減に飼育していたら、牛だって体調を崩《くず》すに決まってる。それを、うちの家族は牛のせいにしてた」

「おれのほうこそ、少し言いすぎた。バンサ国とユープー国では、動物に対する認識《にんしき》の差があるんだろうな。配慮《はいりょ》が足らずに悪かった」

「そんなことない、おれたちは、ユープー国を見習わなきゃいけないな」

トギの言葉に、コチュンが大きく頷いた。

「オリガ様は、学者さんを目指していたんだよ。だから動物のことにすごく詳しいし、扱いも上手なの」

コチュンに手放しで褒《ほ》められ、オリガははにかんだ。するとトギが、しみじみと呟《つぶや》いた。

「バンサ国にも、ユープー国みたいな知識があると良《い》いよな」

トギの言葉に、オリガは笑顔で頷いた。

「おれの中途半端《ちゅうとはんぱ》な知識でもよければ、いくらでも教えるよ」

トギの父親が鍋《なべ》と栄養剤の材料を抱えて戻ってくると、オリガが子牛のための栄養剤を作り始めた。その間オリガは説明を続け、トギとトギの父親は熱心に聞いていた。


トギの父親から、ほかの牛も診てもらいたいと言われ、オリガは牛舎を回ることになった。コチュンは、オリガの邪魔《じゃま》になりそうなので外に出ようとした。すると、トギに呼び止められる。

「あのユープー人、なかなか侮《あなど》れない奴《やつ》だな」

「すごい人でしょ。オリガ様は、牛以外にも、いろんな生き物のことにも詳しいんだよ」

オリガの優《すぐ》れた点はそれだけではない。膨大《ぼうだい》な量の本を読み、いつも新しいことを知ろうとしている。彼の聡明《そうめい》さの裏には、物事の本質を突き詰める探求心があるのだ。それを知ってもらえた気がして、コチュンは嬉しくなった。

しかし、トギは腑《ふ》に落ちないような顔で、冷たく言った。

「コチュンはオリガの肩《かた》をもつけど、あいつのせいで大怪我させられたし、仕事だって失ったろ。おまけに、女と偽《いつわ》って国を騙《だま》した犯人だ。どうしてあんなやつ庇《かば》うんだよ」

「そんな言いかたしなくてもいいでしょ」

トギの言い草にコチュンが怒《おこ》ると、トギは悲しそうに言った。

「おれは、コチュンが危ないことに巻き込まれないか心配なんだ。春になったら、オリガを国に帰して、おれと一緒にミール村で暮らそう」

トギの真剣《しんけん》さにコチュンが驚くと、トギは畳《たた》みかけるように言った。

「おれ、本気でコチュンを妻にしたいんだ。ヒン叔母さんのことも一緒に支える。だから、おれにお前を守らせてくれ」

ヒン叔母さんの名前が出た瞬間《しゅんかん》、コチュンの心がぐらりと揺《ゆ》れた。オリガを脱走《だっそう》させ、仕事を失ったコチュンは、ピンザオ市で働くことはもうできない。ヒン叔母さんを支えられるのは自分しかいないのに、ミール村だけで生きていくのは難しい。だけどもし、トギがコチュンの生活を支えてくれるというなら、こんなにありがたい話はない。

だが、コチュンは声を落とすと、正直に答えた。

「……ごめん、トギのこと大好きだけど、恋人《こいびと》としては好きにはなれないと思う」

「どうして？」

トギが悲痛な声で尋ねると、コチュンも悲しくなって顔を伏《ふ》せた。

「トギは優しいから、わたしのこと心配してくれてるのはわかってる。でも、わたしは守られるような弱い人間じゃないって思いたいの」

「おれは、コチュンが苦しまないようにしてやりたいんだよ」

それでもトギが訴《うった》えると、コチュンは小さく笑って答えた。

「そういうトギのこと、昔からお兄ちゃんみたいに思ってた。いつも先回りして、わたしのことを助けてくれるんだもん。だから、甘えちゃうのかもしれない」

コチュンは答えると、懐《ふところ》からトギにもらった銀細工の髪飾《かみかざ》りを取り出した。

「これは、別の相手に渡してあげて」

「……そうか、おれは、やっぱり、兄貴なのか」

トギはくしゃりと顔を歪《ゆが》ませながら、髪飾りを受け取った。トギは何かを振りきるように大きく息を吐《は》き出すと、奥歯《おくば》を噛みしめて言った。

「それじゃあ、これからも兄貴としてコチュンを見守るよ」

トギは後ろの牛舎に目線を向けた。二人が話し合っている間に、オリガが牛舎から出てきて、コチュンたちが話し終えるのを待っていたのだ。

「あいつは、先回りしてお前を守ってくれるのか？」

トギがオリガを見ながらコチュンに尋ねた。しかし、コチュンは思わず笑ってしまった。

「先回りするような器用さは、あの人にはないよ。でも、わたしの仕事にいつも敬意を示してくれるの。一人前の人間として認めてくれる。それが幸せなんだ」

コチュンの答えを聞いたトギは深く頷き、今度はオリガに声をかけた。

「オリガ、おれの家のツツロを飲んでいけよ。酒がかなり入ってて美味いぞ」

トギが豪快《ごうかい》に笑うと、急な誘《さそ》いにオリガは目をぱちくりとさせた。そんなオリガの様子を見たトギは、おかしそうに笑い、コチュンを誘って歩き出した。


牛舎の屋根に、透《す》き通《とお》った氷柱《つらら》が伸びてきた。春が近づき、暖かい日が差す時間が増えたのだ。そんなある日、トギが黄色い花を持って、コチュンの家にやってきた。

「うちの牧場で福寿草《ふくじゅそう》が咲いたんだ。おれは馬車の仕事があるから、ピンザオ市に戻るよ」

トギの報告に、コチュンは目を丸くした。

「馬車が通れるくらい、雪がもう解《と》けてるの？」

「毎年そうだろ。福寿草が咲いたら、馬車屋は仕事始めだ」

雪道が開いたということは、王宮の衛兵が自分とオリガを追ってこの村に来てもおかしくはない。コチュンの首筋に嫌な汗《あせ》が伝った。するとトギは、コチュンの不安を解消するように告げた。

「おれ、すぐにミール村に戻るよ。王宮の状況やユープー国との外交問題も、できるだけ情報を集めてくる。オリガにもそう言っといてくれ」

「ありがとう、トギ」

トギは以前と変わらぬ兄貴風を吹かせ、コチュンを励ましてくれた。コチュンは改めてトギの優しさに感謝し、彼の出発を見送った。

ところが、オリガのもとに戻ったコチュンを、衝撃《しょうげき》の光景が待ち構えていた。

「オリガ、何をしてるの!?」

コチュンが絶叫《ぜっきょう》すると、オリガはぼさぼさの頭を嬉しそうに振りかざした。

「どうだ、コチュン。髪が短くなってさっぱりしただろう！」

なんとオリガは、コチュンの裁縫用のハサミで、髪の毛をバッサリ切ってしまったのだ。

コチュンが唖然《あぜん》としていると、オリガはざんばらの金髪をかきあげた。

「牛の世話をするとき、長い髪が邪魔だったんだ。これでもう結ぶ必要もない」

「すごくきれいな髪だったのに、そんな雑に切るなんて！」

コチュンはほとんど悲鳴に近い声で不満を訴えると、床《ゆか》に散らばった髪の毛を拾った。

ところが、オリガがまだ髪を短くしようとしているのを見て、慌てて飛びついた。

「それ以上切っちゃダメ！　残りはわたしが切るから、オリガはもう何もしないで！」

コチュンはオリガからハサミを奪《うば》い取《と》ると、ボサボサになったオリガの頭を、せめて人並みに整えようと奮闘《ふんとう》した。彼と対等な関係になったコチュンに、遠慮はない。

「どうして切る前に相談してくれなかったの？　まるで使い古した箒みたいじゃない！」

「そんなにけなさなくてもいいだろう、自分でできると思ったんだよ」

「できなかったでしょ！」

コチュンは、呆《あき》れてため息をついた。

なんとかオリガの散髪《さんぱつ》を終えると、コチュンは胸を撫で下ろしてハサミを置いた。短い髪になったオリガは、どこからどう見ても逞《たくま》しい青年だ。少し前まで女性のふりをしていたなんて、想像もできない。コチュンはそれが少し寂《さび》しくて、しみじみと呟いた。

「もう、皇后に成りすますことはできないね」

すると、オリガはコチュンに見えるように手のひらをあげた。

「見ろ、牛の世話や大工仕事をしたおかげで、手に豆ができた」

「本当だ、この手は牛飼いの手だね」

コチュンは笑い、オリガの手を指先でなぞった。すると、オリガが立ちあがり、長い指でコチュンの手を包むように握《にぎ》りしめた。コチュンは驚いてオリガを見あげた。

「おれがこうして生きていられるのは、コチュンのおかげだ。本当に、夢みたいに幸せだ」

「何を改まって言うかと思えば」

手を握られたまま、コチュンははにかんだ。するとオリガは、真面目な顔をして告げた。

「だけど、これ以上、現実から逃《に》げ続けるわけにはいかない」

「どういうこと？」

「おれの目的は、バンサ国とユープー国がこれ以上争わず、同盟国となることだ。でも、おれの正体がバレた今、その足掛《あしが》かりは破棄《はき》されたも同然。おれは王宮に戻って、両国の関係を立て直さなくちゃならない」

唐突《とうとつ》に告げられた宣言に、コチュンは動揺《どうよう》して首を横に振った。

「王宮に戻ったら、殺されちゃうかもしれないんだよ」

「おれは嘘をついて皇后に成りすました。死罪になることも、とっくに覚悟できてる」

オリガはコチュンの頬に触《ふ》れると、ふわりと微笑んだ。だが、コチュンは彼の話を受け入れられない。首を大きく振ると、オリガの両腕《りょううで》を摑《つか》んで吠《ほ》えるように訴えた。

「絶対ダメ、オリガが犠牲《ぎせい》になるような同盟とか平和なんて、そんなものいらない！」

「それじゃ、おれが存在する意味がなくなっちまうよ」

「意味なんてなくていいよ。オリガは、オリガとして生きていればいいんだよ！」

すると、オリガが大声で笑い出した。コチュンは真面目に説得しているのに、笑い続けるオリガに怒《いか》りまで覚えた。ところが、コチュンが文句を言いかけた瞬間、オリガがコチュンをきつく抱きしめた。

「やめてくれ、そんなこと言われたら、ずっと一緒にいたくなる」

オリガの掠《かす》れた声を聴《き》いた途端、コチュンはあふれる感情を抑《おさ》えきれなくなった。

「じゃあ、わたしも一緒に行く。王宮でもユープー国でも、オリガと行く！」

「それはダメだ。オレのためだけに、コチュンの生活を捨てさせるなんてできない」

オリガはそう言いながらも、寂しそうに笑いかけた。

「じゃあ、どこにも行かないで、お願い」

コチュンはオリガの胸に突っ伏して、縋《すが》るように呟いた。

「……おれには、やらなきゃいけないことがある。だからおれも、コチュンのためだけに、その使命を捨てられない」

オリガの答えを聞いた瞬間、コチュンは胸がいっぱいになって、声を出したら泣きそうになってしまった。オリガを見あげると、オリガも切なさで苦しそうな表情をしていた。

「オリガ……わたし」

コチュンが自分の気持ちを伝えようとしたとき、突然《とつぜん》家の奥から騒《さわ》がしい物音が響《ひび》き渡った。料理の最中だったヒン叔母さんが、血相を変えて家の中を走ってきたのだ。

「コチュン、オリガさん、大変よ！　ミール村に怪《あや》しいよそ者が来てるわ！」

コチュンとオリガは顔を見合わせた。まさか王宮の追っ手が、もうミール村までやってきたのだろうか。二人が同じことを考えたその直後、家の外から窓を突き破《やぶ》って、投石が飛び込んできた。すさまじい音と飛び散る硝子《ガラス》に、コチュンとヒンは悲鳴をあげた。

「まずいぞ、襲撃《しゅうげき》されている！」

オリガはヒンを抱えると、身を隠《かく》すため家の奥に駆け込んだ。今まで三人が立っていた場所に、再び投石が飛んできた。

「おれは外を見てくる。コチュンはここにいろ！」

「王宮の追っ手だったら、オリガが捕《つか》まっちゃう！」

急いで外套を羽織り、一人で飛び出そうとしたオリガを、コチュンは慌てて引き留めた。だが、オリガはコチュンをなだめると、落ち着いた口調で告げた。

「それなら、おれが捕まればコチュンたちに累《るい》は及《およ》ばない」

「そんなのダメ！」

けたたましい音を立てて、家の玄関扉《げんかんとびら》が壊《こわ》され、黒い外套《がいとう》で全身を覆った人物が姿を現した。コチュンは震えあがったが、オリガは二人を守るために果敢《かかん》に立ち向かった。

「それ以上、この家に入るな！」

オリガが怒鳴《どな》ると、襲撃者はおもむろに頭まで覆った外套を下ろし、顔を晒《さら》した。

「久々の再会なのに辛辣《しんらつ》ね、オリガ」

その人の顔を見た瞬間、コチュンは声を飲んでしまった。襲撃者は、オリガと瓜二《うりふた》つの姿をした女性だったのだ。

「どうして、姉上がこの村に」

オリガの言葉に、コチュンは混乱したまま、襲撃者を振り返った。オリガと同じ顔をした女性は、棒状の投石機を勇ましく肩にかけ、不敵に微笑んだ。

「あなたを助けに来たのよ。姉として当然でしょう?」

コチュンの家に押し入ってきたのは、オリガの双子《ふたご》の姉、本物のニジェナ姫《ひめ》だったのだ。


ニジェナ姫の姿は、オリガが代役を買って出たのも頷けるほど、鏡合わせのようにそっくりだった。オリガに並ぶ美貌《びぼう》をもち、褐色《かっしょく》の肌《はだ》と金髪の一本一本まで魅力的《みりょくてき》だ。

「オリガ、あなたにだけ負担をかけてしまって、申し訳なかったわ」

ニジェナは美しい顔を悲しそうに歪め、オリガに歩み寄った。ところが、久々の再会のはずなのに、オリガは笑顔も見せずに警戒《けいかい》する姿勢をとった。

「姉上がどうしてここにいるんだ」

「あなたがバンサ国に渡ったあと、わたしは密偵《みってい》を送り込んだの。王宮の出来事やバンサ

国の情報を、逐一《ちくいち》耳に入れていた。そして、あなたが殺されかけたと知って、いよいよ水軍を引き連れてバンサ国に乗り込んだの。でも今はあなたを助けることが先決だから、わたしがここにいることは、ほかの誰《だれ》にも知られていないはずよ」

「この村の場所は、どうやって突き止めた？」

オリガが尋ねると、ニジェナ姫はくたびれた麻《あさ》の袋《ふくろ》を広げて見せた。

「これは、あなたが王宮から逃げるときに、衛兵の追尾《ついび》を阻止《そし》するために投げた積荷《つみに》でしょう。王宮の衛兵を買収し、この袋で荷物を運ぶ馬車屋を調べ、この村にたどり着いたのよ」

「密偵を忍《しの》ばせるだけじゃ飽《あ》き足《た》らず、賄賂《わいろ》まで使ったのか」

オリガの刺々《とげとげ》しい声に、コチュンは驚いて口を挟んだ。

「オリガ、お姉さんが来てくれたのに、どうして怒ってるの？」

オリガは奥歯を噛みしめながら、姉を睨みつけた。

「姉上は、政略結婚《けっこん》の話が出る前から、バンサ国との同盟締結《ていけつ》に反対していた。おれが代役としてバンサ国に来たのも、それが理由なんだ」

「オリガが代役になったのは、お姉さんを守るためじゃなかったの？」

「そうじゃない。姉上がバンサ国に宣戦布告するのを、食い止めるためだ」

「せ、宣戦って……どういうこと、オリガ」

コチュンが驚くと、オリガは肩身《かたみ》が狭《せま》そうに答えた。

「この国の上皇と似たような考えをもつ人は、おれの国にもいるんだ。いわゆる強硬派《きょうこうは》と呼ばれる集団が、バンサ国に攻め入《せい》ろうと画策していた。そのときは、おれや一部の反戦派が説得し、同盟締結の糸口を作ることができた。でも、姉上はそのあとも強硬派に属して、バンサ国に戦《いくさ》を吹っかけようとしていたんだ。おれが身代わりにこの国に来たのは、祖国の姉上たちをけん制するためでもあったんだ」

そのとき、ニジェナ姫が叱責するように口を挟んだ。

「オリガはまだ夢物語を語っているの？　この国に来て、バンサ人どもの民度の低さを思い知ったでしょう」

「姉上、バンサ国は敵じゃない。戦争なんて馬鹿な真似《まね》はやめてくれ」

「この国は、何度もわたしたちに同じことをしてきたわ」

「過去のことより、これからの関係をどうするかが大事だ。暴力に暴力で返したら、憎《にく》しみの応酬《おうしゅう》になってしまう。だからおれたちは、理性で彼らに応《こた》えなくちゃいけないんだ」

必死に訴えるオリガの横に、コチュンも並んで加勢した。

「オリガの言う通りです。わたしたちバンサ人も、誠意を見せてくれるオリガを尊敬するようになりました。ニジェナ姫が考えるほど、両国の関係は複雑じゃないと思います」

「……あなたは、王宮からオリガを逃がした女中ね？」

ニジェナ姫はコチュンを見た。美しいニジェナ姫とコチュンの間には、天と地ほどの差がある。するとニジェナ姫は、クスリと笑ってコチュンに言った。

「なるほど。獣《けもの》好きのオリガには、この国の家畜臭い子がお似合いってわけね」

「姉上！」

すかさずオリガがコチュンを庇って、声を荒《あら》らげた。

「姉上の言葉は、最低だ。もう一度コチュンを侮辱《ぶじょく》したら、その口おれが塞《ふさ》いでやる！」

「わたしに歯向かおうなんて考えるんじゃないわよ。こんな小さな村なんて、わたしの従者だけで、あっという間に制圧できるのよ」

ニジェナ姫は、外に向かって合図を出した。すると、数人の屈強《くっきょう》なユープー人たちが家に押し寄せた。

「ここで武力行使をするつもりか？」

オリガが青筋を浮かべると、ニジェナ姫は不敵に笑った。

「そうね、内陸からバンサ国を攻めていくのも、侵略《しんりゃく》の一つの作戦ね」

すると、ユープー兵が剣《けん》を抜《ぬ》き、コチュンとオリガに迫《せま》ってきた。コチュンは恐怖《きょうふ》のあまり、オリガの手を握った。

「大丈夫だ、おれがコチュンを守る」

オリガは、コチュンを自分の背中に隠すように進み出た。

だが、コチュンは圧力をかけているはずのユープー兵たちが、小刻みに震えているのに気がついた。まるで、初めて冬を体験した頃《ころ》のオリガのようだ。

コチュンの脳裏《のうり》に、一つの打開策が浮かんだ。コチュンが、繋いだ手にギュッと力を込《こ》めると、気づいたオリガは、目線だけをコチュンに向けた。コチュンは小さく頷くと、ニジェナ姫と対峙《たいじ》した。

「ニジェナ姫は、バンサ国の気候をご存じでしょうか。春先とはいえ、氷点下の気温が続きます。冬を知らないユープー国のみなさんには、とても厳しい気候のはずです」

コチュンが忠告すると、ニジェナ姫は勢いを増して怒鳴り返してきた。

「こんな気候ごときで、我が国の兵士が倒《たお》れるはずなどありません！」

「いいえ、冬の寒さに慣れているバンサ人でも、特別な装備がなければ冬を越すことはできません。オリガだって、バンサ国の防寒着を着込んでいるから、冬の寒さもしのげたんです。これがなければ、深刻な病を抱えていたと思います」

コチュンがそう告げると、オリガも衣服のボタンを外した。上着の中から、ふわふわのラムチェが姿を現し、オリガは自慢《じまん》げに微笑んだ。

「このラムチェという防寒着はすごいぞ。それに比べてお前らは、そんな軽装で、よく雪山を越《こ》えられたな。実は、相当身体が参っているんじゃないのか？」

オリガと対峙するユープー兵たちは、ますます震え、外套の下の顔は真っ青だ。オリガは防戦一方だった姿勢を一転させ、強気に進み出た。

「今の姉上たちなら、おれでも相手になるかもしれないぞ」

しかしニジェナ姫は、オリガの挑発《ちょうはつ》を鼻で笑って、素早《すばや》くオリガの横《よこ》っ面《つら》を殴《なぐ》りつけた。

オリガは悲鳴をあげて倒れ込み、殴られた頰を押さえて姉を見あげた。

「本当に殴るとか正気か！」

「喧嘩で一度も勝ったことがないくせに、身のほどをわきまえないからよ。そのうえ、この国に毒されてしまって、もう手の施《ほどこ》しようがないわ」

ニジェナは部下にオリガを見張るように告げると、剣の切っ先をコチュンに突きつけた。

「寒さをしのぐ便利な道具があるなら奪うまで。さあ、その防寒着とやらを出しなさい！」

「服ならいくらでも差しあげます。うちの貯蔵庫に、予備の分がたくさんありますから」

コチュンは降伏《こうふく》の姿勢をとると、ニジェナ姫たちを家の中に案内した。

コチュンたちが背中を向けた瞬間、オリガは残ったユープー兵に声をかけた。

「なあ、おれって喧嘩が弱いと思うか？」

「……恐《おそ》れながら、ニジェナ姫様には勝てたことがないと伺《うかが》っております」

ユープー兵が正直に答えると、オリガはにこっと微笑んで頷いた。

「喧嘩に勝てないからって、おれが弱いとは限らないだろう？」

言うや否《いな》や、オリガはユープー兵に素早く飛びかかり、彼の両手と口を押さえ込んだ。

「牛飼いの仕事は体力勝負なんだ。力比べなら負けないぞ」

　オリガはユープー兵の耳元で告げると、彼を連れて音もなく家を抜け出した。


　コチュンは家の裏口を開けて、彼らを貯蔵庫に通した。

「売り物として作ったラムチェなので、いろいろな大きさがあるはずです。ちょうどいい服を自分で選んでください」

　せっかく編み終えたラムチェを手放すことになり、コチュンは肩を落とすふりをした。だがニジェナはコチュンの様子を気にも留めず、部下たちに貯蔵庫から服を取ってくるように命じた。

「特別な防寒着というのは、何で作っているのか教えなさい」

「ラムチェは、この地方の牛からしか取れない、希少な毛を使います。だから戦争のためには使いません。凍《こご》えている人を温めるために、わたしたちは服を編むんです」

　コチュンは、忠告するように答えた。しかし、ニジェナ姫は冷たい目をコチュンに向けるだけだ。

「自分が凍えているなら、暖を取るための薪を奪わなきゃいけないときもあるでしょう」

「そうじゃない。あなたたちが震えているなら、わたしはいつだって服を編むって言いたかったんです」

　コチュンが言いきったと同時に、ニジェナ姫の背後で獣の咆哮《ほうこう》と蹄《ひづめ》の音が轟《とどろ》いた。突然、コチュンの家の中を、巨大《きょだい》な牛が走ってきたのだ。驚いたニジェナ姫は、咄嗟《とっさ》に逃げ口を求めて貯蔵庫の中に飛び込んだ。ところが、ラムレイ牛もそのまま貯蔵庫の中へと突進《とっしん》していく。コチュンはすぐさま貯蔵庫の扉に飛びついて、兵士たちが逃げ出す前に鍵《かぎ》をかけてしまった。貯蔵庫の中で、彼らのけたたましい叫《さけ》びと、ラムレイ牛の吠える声が轟いた。

「コチュン、うまくいったか？」

　ラムレイ牛を追い立てたオリガが、コチュンのもとへ駆けつけた。

「うん。この中で仲良くやっているみたい」

　コチュンは、悲鳴だらけの貯蔵庫に目線をやった。

　震えているユープー兵を見たとき、コチュンは彼らを出し抜く方法を思いついた。寒さに弱い彼らは、暖を取るための道具が今すぐ欲《ほ》しいはずだと確信したのだ。そこで、ラムチェを餌にして、貯蔵庫に閉じ込めてしまおうと考えたのだ。

　鍵のかかった貯蔵庫の中から、ニジェナ姫の怒号《どごう》が響き渡った。

「オリガ、いったいどういうつもりなの！　今すぐこの牛をどかしなさい！」

「大丈夫だ姉上、ラムレイ牛はすごく温厚な家畜だよ。でも攻撃《こうげき》したり威嚇《いかく》したりすると、大きな角で反撃《はんげき》してくるから気をつけて」

オリガが忠告すると、扉の奥から騒がしい音が返ってきた。ラムレイ牛と戦おうとしたユープー兵たちが返《かえ》り討《う》ちにあい、追い詰められて背の高い棚《たな》によじのぼったらしい。

「オリガ！　よくも騙したわね！」

「ごめん、姉上。おれがこの問題を解決するまで、ここで待っていてくれないか」

オリガが扉の奥に呼びかけた途端、貯蔵庫の扉に硬いものが投げつけられた。

「ふざけたことを言わないで！　バンサ国は敵なのよ、戦争相手なのよ！　同盟を締結するときだって、人質《ひとじち》を出すように要求してきた。国を訪《おとず》れれば傷つけられ、侮辱される。こんな国の、どこに肩入《かたい》れする必要があるのよ！」

「だけどおれは、この国で同じ目標をもつ友人や、愛する人と出会えた。おれたちは、ずっと敵同士だと思い込んでいたけど、本当は知恵《ちえ》や感情をわかち合うことができる存在なんだ。今も、そうだっただろう」

オリガはコチュンに微笑みかけた。コチュンが自分の手をギュッと握りしめてきたとき、彼女に作戦があることを確信したのだ。だから、コチュンに託《たく》すことができた。

「姉上は、おれのことを無責任な理想家だっていうけど、バンサ人もユープー人も、同じ心をもつ人同士だから、同じ目標のために協力し合うことができるんだ。もちろん姉上もそうだよ。だからいつか、姉上にもわかってもらえる日が来ると信じてる」

オリガの言葉に、ニジェナ姫は再び硬い何かを扉に投げつけた。

母屋に戻ったオリガは、自分が返り打ちにしたユープー兵を家の中に入れ、床に散らばった硝子や木片《もくへん》を見て、肩を落とした。

「コチュン、またためんどうなことに巻き込んで、悪かった」

「気にしないで。それより、オリガのお姉さんが、戦争を始めようとしていたなんて驚いたよ」

「おれと姉上は双子の姉弟《きょうだい》だけど、目指すものが違っていて……協力できないのは残念だよな」

オリガが悲しそうに告げると、コチュンは足を止めた。

「……わたしは、オリガと同じ気持ちだってわかって、嬉しかったよ」

「それって、どういう意味？」

オリガも足を止め、コチュンを振り返った。

「オリガ、この国で仲間や愛する人と出会えたって言ってくれたでしょう。わたしも同じ。生まれた国が違っても、大好きになった」

コチュンの言葉に、オリガは驚いて口を開け、思い切ったように尋ねた。

「つまり、おれが好きってこと？」

「だから、そう言ったじゃない」

コチュンは赤くなった頰を隠すように背を向けたが、オリガは嬉しそうに笑った。

その直後、家の外から物音がして、二人はパッと会話を切りあげた。

「もしかして、ユープー国の兵士がまだいるのかな」

コチュンは警戒して外を見た。オリガも、頭を切り替えてコチュンに並んだ。すると、家の外には、馬を引いているトギが立っていた。

「おいおい、家で何があったんだ？」

トギは、コチュンの壊れた家を見て目を丸くしていた。駆け寄ったコチュンは、トギの慌てた様子に尋ね返した。

「それより、トギこそどうしたの？　ピンザオ市に戻ったんじゃないの？」

「馬を走らせてる道中で、尋常《じんじょう》じゃない数の馬の蹄の跡《あと》を見つけたんだ。もしかしたら、王宮の兵団かもしれない。オリガが危ないと思って引き返したんだ」

トギが忠告すると、オリガは深刻な顔で答えた。

「どうやら、この村に来たのはユープーの一団だけじゃないようだ」

「オリガ、これからどうしよう？」

コチュンは、縋るようにオリガを見あげた。

「おれは、ピンザオ市に戻る。姉上が軍を引き連れて乗り込んできたことは、すぐにバンサ王宮にも知られるはずだ。グズグズしていると、本当に戦争が始まってしまう」

「止める方法はあるの？」

「とにかく、話をするしかない」

オリガはトギに目を向けた。

「トギ、ピンザオ市に戻るために、馬を借りられないか？」

「そのくらいお安い御用《ごよう》だけど、本当に行くのか？　殺されちまうかもしれないんだろ」

「おれが行かないと、もっと多くの人が命を失う。それだけは避《さ》けなければならない」

オリガの返事に、トギも事の重大さを悟《さと》った。

「コチュン、ヒン叔母さんはおれの家で預かろう。ここにいるのは危険だ」

「わ、わかった」

トギの提案に、コチュンも頷いた。オリガはコチュンをトギに託すと、壊れたコチュンの家を振り返って告げた。

「二人のことを頼《たの》む。馬を連れて来てもらう間、おれは家の壁《かべ》を塞いでおくよ」

コチュンはヒン叔母さんをトギの家族に頼むと、そのままトギのいる馬房に駆けつけた。

そこでは、トギが馬に手綱《たづな》をつけているところだった。

「トギ、わたしが乗る馬も貸してほしいの」

「なんだって⁉」

トギは大声を出して振り返り、厳しい目を向けた。

「コチュンもピンザオ市に行くっていうのか、そんなの危険だろ！」

「オリガを一人で行かせられないよ。だって、オリガには味方になってくれる人がいないんだよ？」

コチュンが必死に頼み込むと、トギは渋《しぶ》い顔をしたあと、肩を落として言った。

「何もできないかもしれないぞ、それでもいいのか？」

「できることはあるよ、オリガの傍にいられる」

コチュンが断言すると、トギはしばらく悩《なや》んだ末に、大きなため息をついた。

「わかった。けどな、おれも一緒に行くぞ。お前ら二人じゃ、危なっかしくて放っておけねえよ」

トギは馬を馬房から出すと、もう一度旅の準備を整え出した。

「ありがとう、トギ」

コチュンも準備を手伝いながら、心の底から礼を言った。トギは優しい笑顔を見せて、

「兄貴だからな」

と、頷き返した。

コチュンとトギは、馬を連れてコチュンの家に戻った。だが、コチュンの家が見える丘《おか》まで来たとき、急にトギが足を止めた。

「どうしたの、トギ」

「しっ、静かに。その林の中に入れ！」

トギは小さな声で告げると、慌てて道のわきの雑木林に駆け込んだ。雪の間に身を潜《ひそ》めた瞬間、コチュンは息を呑んだ。家の周囲を、防寒着に身を包んだ兵士たちが取り囲んでいたのだ。彼らは武器を構え、切っ先をオリガに向けている。

「あれは、バンサの兵士だよな？」

トギが尋ねたが、コチュンには答える余裕もなかった。兵士たちはオリガに縄をかけると、コチュンたちがいる山林にまで届く大声で言った。

「ユープー国王弟オリガ、貴殿《きでん》をバンサ王宮まで連行するよう命令が下されている」

オリガは諦《あきら》めた様子で、項垂《うなだ》れていた。

「大変、オリガが連れていかれちゃう！」

コチュンは急いで飛び出そうとしたが、トギに止められ、雪の上に倒れてしまった。

「トギ、何するの、放して！」

「だめだ、今出てったら、殺されちまうよ」

トギはコチュンの耳元で叱責した。そのとき、オリガが雑木林に目を向けた。雪の中に身を潜めるコチュンたちに気がつき、兵士たちにもバレないような、小さな微笑みを浮かべたのだ。彼の口元の動きを見たコチュンは、肩で息をしながら首を振った。

「だ、だめだよ……そんな」

コチュンの願いもむなしく、オリガは兵士たちに連行されてしまった。彼らが完全に去るまで、コチュンはトギに押さえつけられていた。ようやく解放されたとき、コチュンはトギの胸元《むなもと》に摑みかかって訴えた。

「どうして止めたの⁉　オリガが、連れていかれちゃったじゃない！」

「ほかにどうしようもなかっただろうが！　もし、あいつの目の前でおれやコチュンが捕まったり、殺されたりしたら、それこそあいつは悔《く》やみきれないだろう。おれたちを守るために、あいつは大人しく捕まったんだ」

トギは声を荒らげて答えると、一転してか細い声で告げた。

「助けてやれなくて、すまねえ、おれにもっと力があれば……」

だが、トギはただの御者《ぎょしゃ》で、コチュンは農民の娘《むすめ》だ。もしあそこで兵士の前に出たとしても、トギの言う通り、二人とも斬《き》り殺《ころ》されていたかもしれない。

コチュンは泣きそうになるのをグッとこらえると、急いで馬のもとへ駆け戻った。

「今すぐ、あとを追いかける」

「待て、あいつらと鉢合《はちあ》わせになるとまずい。おれたちも、それなりの準備を整えてから、ピンザオ市に向かおう」

「でも、その間にオリガになにかあったら、どうすればいいの？」

コチュンが弱音を漏《も》らすと、トギはコチュンの肩を持って励ますように訴えた。

「いい方法を考えよう。とにかく、まずはユープー国の動きを調べないとな」

ふと、コチュンは家の貯蔵庫のことを思い出した。オリガを助けるためには、どうしてももう一人、協力者が必要だったのだ。

第五章 ✻ 嘘つきの清算

　貯蔵庫に閉じ込められた牛は、のんびりと貯蔵庫の干し草を食べ始めた。牛が尻尾《しっぽ》を振《ふ》るたび、貯蔵庫に仕舞《しま》われている鉄鍋《てつなべ》や農具に当たって、カラカラと音が鳴る。一緒《いっしょ》に閉じ込められているニジェナ姫《ひめ》は、棚《たな》の上に追いやられ、鬱陶《うっとう》しそうに顔をしかめた。

　すると、突然入り口の扉《とびら》が開かれた。ニジェナ姫は臨戦態勢に入り、いつでも襲《おそ》いかかる準備を整える。ところが、現れたのは、この家の農民の女一人だけだった。

「わたしはコチュンの叔母《おば》の、ヒンと申します。さあさ、みなさん、こちらへどうぞ」

　ヒンは明るい声をかけながら、まず牛を外に出し、それからニジェナ姫たちを貯蔵庫の外へと招いた。ニジェナ姫は、彼女が片足しかないことに気づき、反撃《はんげき》される心配がないことを見越《みこ》して、剣《けん》を仕舞うよう部下たちに命令する。

「オリガがどこに行ったのか教えなさい」

　ニジェナ姫はヒンに問いかけ、剣の柄《つか》に手をかけた。必要なら暴力で聞き出せることを見せつけたのだ。しかし、ヒンは鬼気迫《ききせま》るニジェナの様子にも、顔色を変えることはない。

「それが、コチュンが言うには、バンサ王宮の兵士に連れていかれたと……」

「なんですって⁉」

ヒンの言葉に、ニジェナ姫は目を剝《む》いて怒鳴《どな》った。

「どうしてオリガを連れて行かせたの⁉　殺されるとわかっているでしょう！」

「だからオリガさんは、あなたを庇《かば》って、一人で連れていかれたんじゃないでしょうか」

ヒンの返しに、ニジェナ姫は図星を突《つ》かれて口をつぐんだ。それをいいことに、ヒンは兵士たちにラムチェの毛布を掛けながら、部屋の奥に来るよう声をかけた。

「あなたやユープーの兵士さんは、まず身体《からだ》を温めてからじゃないと、雪山を越《こ》えることはできないでしょう。少し休んでから、オリガさんのあとを追いかけたらいいですよ」

「でも、その間にオリガが……」

「今はコチュンに任せてください。大丈夫《だいじょうぶ》、きっと悪いようにはなりません」

ヒンはニジェナをなだめると、桃色の便箋《びんせん》を渡した。

「あの子から、手紙を預かっています。あなたに伝えたいことがあるようです」

「伝えたいことですって？　わたしをあんな臭《くさ》い物置に閉じ込めておきながら？」

ニジェナは怒りながら手紙をひったくると、くしゃくしゃに握りつぶしてしまった。ヒンは目を丸くしたが、何も言わずにニジェナの傍《そば》から離《はな》れると、家の奥から湯気の立つ飲み物を持ってきた。

「これは、我が家特製のツツロです。牛の乳を甘く煮詰《につ》めて、お酒を少し足しているんです。飲むと身体が温まりますよ」

「そんなもの、誰《だれ》が飲みたいと言いました？」

ニジェナ姫は、ヒンの施《ほどこ》しを突っぱねて外へ出ていこうとした。しかし部下の兵士たちは、物欲《ものほ》しそうに湯気の立つ木製の杯《さかずき》を見ている。ニジェナ姫は、仕方なく足を止めた。

「……いいわ、まずはわたしが毒見をする」

ニジェナ姫は恐《おそ》る恐るツツロに口をつけた。そして、甘美《かんび》な味と舌触《したざわ》りに目を丸くした。

「……これはなに、初めて飲む飲み物だわ」

「ツツロは古くからこの地に伝わる、冬の寒さをしのぐための飲み物です。雪山を越えてきた旅人を、温めるために作られたのが発祥《はっしょう》と言われています」

ヒンは兵士たちにもツツロを飲むように促《うなが》した。彼らは温かいツツロを、三日ぶりの食事のように飲み干した。ヒンは嬉《うれ》しそうに微笑《ほほえ》むと、彼らに言った。

「おかわりはいっぱいありますからね、満足するまで飲んでください」

「……わたしたちは、あなたの家を襲撃《しゅうげき》したのに、なぜこんな親切にするのです？」

ニジェナ姫は疑《うたが》いの目を向けた。するとヒンは、肩《かた》をすくめ、何でもないように答えた。

「あなたたちが、寒さに震《ふる》えていたからですよ」

ニジェナ姫は言葉を失った。ヒンの裏のない純朴《じゅんぼく》な答えに驚《おどろ》いたのだ。するとヒンは、壊《こわ》れた窓から外を見つめて言った。

「昔、バンサ国とユープー国が戦争をしたでしょう。この村からも、若い人が兵士に召《め》しあげられ、みんなどこかで死にました。あのとき、多くの人は、戦うことを望んでいませんでした。それでも、あの戦争を止められなくて、申し訳ないと思っています」

「何を、今更、謝ったところで」

ニジェナ姫が敵意をむき出しにすると、ヒンは悲しそうに俯《うつむ》いた。

「こんなおばさん一人が謝ったところで、許されないのはわかっています。けれど、バンサ国とユープー国の間で、憎むことをやめたいと思う人は大勢いるはずなんです。ニジェナさんの周りには、バンサ国と仲良くしたいという人はいませんか？」

ヒンの問いに、ニジェナ姫は自然とオリガを思《おも》い浮《う》かべた。すると、ヒンが話を続けた。

「このツツロが良《い》い飲み物だとわかってくれたように、わたしたちもわかり合える関係になれるといいのですが。そうしたら、お互《たが》いの国のお料理を、お裾《すそ》分《わ》けできるでしょう」

ニジェナ姫は、再びツツロに口をつけた。こんな温かい施しを、敵のはずのバンサ人から受けるなんて、ニジェナ姫は夢にも思っていなかった。

「確かに、この飲み物は美味《おい》しいわ」

ニジェナ姫はぽつりと呟くと、ヒンに二杯《はい》目のツツロを要求した。そして、くしゃくしゃに丸めたコチュンの手紙をゆっくりと広げだした。

捕まったオリガは馬車に乗せられ、バンサ国の王宮まで連行された。数か月ぶりの王宮は、不自然なほど静まり返っている。見張りの衛兵はおろか、使用人の姿もない。奇妙に感じたオリガが理由を尋ねても、自分を連行した衛兵たちは黙ったまま。

オリガは情報をまったく得られず、王宮のとある部屋に閉じ込められた。

「せめてトゥルムがどうしているかぐらい、教えてくれてもいいだろう」

扉の向こうに呼びかけても、返事は一つもない。

しかし、オリガは別の理由で眉《まゆ》をひそめた。閉じ込められた部屋は、革張りの椅子と伝統的な座卓が置かれた、ちょっとした客間になっているのだ。そのうえ、不用心にも部屋の窓には鍵がかかっておらず、焼け落ちた蓮華《れんげ》の宮《みや》が見下ろせる。てっきり牢屋《ろうや》に入れられるだろうと考えていたオリガは、予想が外れて困惑した。

「あまり窓に近づかれては困ります、ほかの者に姿を見られてしまう」

突然声をかけられ、オリガは飛びあがった。いつの間にか、部屋の反対側に衛兵が立っている。その男の顔に、オリガは見覚えがあった。

「お前、晩餐会《ばんさんかい》の夜に、侵入者《しんにゅうしゃ》を取り押さえた衛兵だな？」

「上皇様の近衛兵《このえへい》、サザと申します。ラムレイ地方からの長旅でお疲れだと思い、お茶と軽食を用意しました」

サザは恭《うやうや》しく頭を下げると、高価な食器に盛られた食事を座卓に並べた。前に投獄《とうごく》されたときとはえらい違いだ。オリガは試《ため》すように尋ねた。

「お前は、おれの見張りだろう？　ずいぶん丁重《ていちょう》に扱《あつか》ってくれるんだな？」

「あなたは、我が国の大事な人質《ひとじち》ですので」

「それなら、この国とユープー国の関係が、どうなっているのか教えてくれないか」

「それは、わたしの口から語るべきではない話です」

オリガの頼みを袖にし、サザは部屋を出てしまった。残されたオリガは、用意された食事に口をつけた。囚人《しゅうじん》に対する扱いとは思えない待遇の良さに、戸惑いを隠せない。だが、その不安は、食事を食べ終わる頃に解消されることになった。再び部屋の扉が開かれ、トゥルムが現れたのだ。

「オリガ、久しぶりだな」

「トゥルム!?　お前、上皇に幽閉《ゆうへい》されていたんじゃないのか!?」

オリガが驚いて立ち上がると、トゥルムはオリガの前の椅子に腰かけた。

「実は、弟のエルスが病に臥《ふ》せってな。両親も弟にかかりっきりで、おれを監視するどころじゃなくなったんだ。おかげで、お前を王宮に呼び戻す機会に恵まれた」

「じゃあ、ミール村までおれを捕《つか》まえに来たあの兵士たちは……」

「おれが密《ひそ》かに命じて、お前を連れてこさせた。上皇に察知《さっち》される前に事を遂行《すいこう》する必要があったから、時間がなく手荒い真似《まね》をしてしまった。団子の女中にも、別れを告げる暇がなかったと聞いている、すまなかったな」

トゥルムの言い草に、オリガはなんと答えていいのかわからなかったが、彼に聞きたいことは山ほどある。文句を言いたいのをグッとこらえて、すぐ本題に迫った。

「トゥルムは知っているか？　姉上が……ユープー国の軍船が、バンサ国の海上に来ている。両国の関係は、どうなった？　もう交戦を始めてしまったか？」

「まあ、落ち着け。事前に手を打ってある」

トゥルムはオリガをなだめると、座るように促した。

「実は、ユープー国と臨戦《りんせん》状態になることを危惧《きぐ》して、軍事用の備蓄《びちく》食料を町の外へ運び出させていた。上皇が戦争をしたくても、すぐに兵士を動かすことができないようにな」

「な、なんだって？」

思いもよらぬトゥルムの告白に、オリガは目を剝《む》いた。トゥルムは、淡々と話し続ける。

「オリガがこの国にいる以上、ユープーから攻めてこないのもわかっていたし、今年の雪は例年を上回る豪雪だったから、町の外に出した物資を、再びピンザオ市に運び戻すのは難しい。上皇が動き出そうとしても、狙い通り、交戦を避《さ》けられたよ」

オリガは度肝《どぎも》を抜かれた。自分の知らないうちに、トゥルムがそんな手を回していたなんて。それに、万が一のための食料を手放すとは、危険な賭《か》けにもほどがある。

「なんて無茶を……一歩間違《まちが》えれば、民衆の暴動が起きるぞ」

「働いてくれた馬車屋たちには、相応の賃金を弾《はず》んだし、ピンザオ市民のための備蓄には手をつけていない」

「あの上皇なら、戦争に必要な物資を、民衆から徴収《ちょうしゅう》してもおかしくないんじゃないか？」

「バンサ国は民衆の力で成り立っている。おれが皇帝の座に就《つ》けたのも、上皇の強権的《きょうけんてき》な治世より、戦《いくさ》のない安定した生活を望んだ民衆の後押しがあったからだ。もし上皇が再び強権的なやりかたで国をまとめようとしたら、今度こそ権威《けんい》を失う。だから、あからさまに民衆の懐《ふところ》から資産を奪《うば》うなんて、できないのさ」

トゥルムの説明に納得したオリガは、すぐ戦争にはならないと知り、胸を撫で下ろした。

「でも、所詮はその場しのぎの時間稼ぎだろう。いつまでもつかな」

「それについても、安心していい。両国が膠着《こうちゃく》状態になっている間に、ユープー国王……お前の兄君と密約《みつやく》を交わすことができた。これもエルスが寝込んでくれたおかげだな」

「はっ!? おま、いつの間に……」

オリガは驚いてトゥルムを見た。弟の病を利用してまで、取りつかれたように和平にこだわるこの男の執念深《しゅうねんぶか》さは、目的は違うが父親にそっくりだ。オリガは、トゥルムが平和を望む男でよかったと、つくづく実感した。

「それで、兄上は、何と言ってきたんだ？」

「ユープー王も、戦争は望まないと答えた。つまり、お前が生きてユープーに帰れれば、開戦は防げるんだ」

トゥルムの言葉で、オリガはようやく腑《ふ》に落ちた。

「トゥルムは、おれを安全なコチュンの田舎に隠し、その間に交渉を続けていたんだな」

「あの女中を巻き込まないと約束したが、そうするしかなかった」

トゥルムが謝ると、オリガは無理やり笑顔を作った。

「おれたちは、バンサとユープーの仲を取り持つ使命を果たすだけさ」

言葉ではそう取《と》り繕《つくろ》ったが、コチュンのことを思うと、オリガの胸は張《は》り裂《さ》けそうだ。

トゥルムの計画がうまく進み、ユープーに帰ることができれば、コチュンには二度と会えないだろう。オリガが重苦しい息を吐くと、トゥルムはすべてを見透《みす》かしたように言った。

「生きてさえいれば、またバンサとユープーの国交も復活させられる。きっと、彼女にもまた会える。その機会はおれが保証する。今は、ユープー国との戦争をけん制するための人質として、ここにいてくれ」

「わかった、お前を信じるよ」

「任せてくれ。和平に対する思いは、お前と同じだ」

トゥルムは立ち上がってオリガと手を取り合うと、力強く頷《うなず》いた。


トゥルムが部屋を出たあと、オリガは力が抜けて椅子の上に身を投げ出した。

自分が生きて帰りさえすれば、戦争は阻止できる。ずいぶん簡単に決着がついてしまう気がしたが、一番の心配事が解消されつつあるとなれば、いくらか肩の荷も軽くなる。これからは、改めて同盟を締結《ていけつ》できるように、信頼関係を取り戻さなくてはならない。バンサとユープーが再び友好関係を結べるのは、何年後になるだろうか。

オリガがそんなことを考えていると、再び部屋の扉が開かれた。

「トゥルム？　何か忘れ物か？」

トゥルムが戻ってきたのかと思い、オリガは振り向いた。


オリガを匿《かくま》う部屋を出たトゥルムは、すぐにユープー国王への密書をしたためた。オリガを傷一つなくユープー国に帰す約束を記したところで、部屋の扉が大きな音を立てて開かれた。

「助けてください！　トゥルム」

部屋に飛び込んできたのは、母親のチヨルとエルスを抱《かか》えた兵士たちだった。突然のできごとに、トゥルムは筆を持ったまま立ちあがった。

「母上、いったいどうしたんですか。それに、エルスまで……」

トゥルムは兵士に抱えられた弟に声をかけたが、エルスは虚《うつ》ろな表情のまま、苦しそうに呻《うめ》くだけ。衰弱《すいじゃく》しきった彼の姿に、トゥルムはただの病ではないと気づいた。

「こんなに急に症状が悪化するなんて……いったい何が」

すると、母親が泣き叫びながらトゥルムにしがみついた。

「お父様なのです、お父様が、エルスに毒を盛っていたのです！」

「……え？」

母親の言葉に、トゥルムは筆を落としてしまった。


その頃、オリガの部屋には、勝ち誇った顔のガンディクが立っていた。

「なぜ、あんたが、ここに……」

宿敵の出現に、オリガが怯《おび》えて立ちあがると、ガンディクはにやりと笑った。

「エルスが病に臥せ、わしの注意がそちらに向くと、トゥルムはお前を呼び戻すだろうと予想したのだ。しかし、これほどうまくいくとは思わなかった」

ガンディクの奇妙な言い草に、オリガは眉を寄せた。だが、彼の表情を見たオリガの脳《のう》裏《り》に、恐ろしい推測《すいそく》が浮かんだ。

「まさかあんた……わざとエルス殿下が病になるように仕組んだのか？」

「エルスは従順な息子《むすこ》だが、身体が弱く、わしの期待には沿わない。ならば、バンサ国のために命を捧げるくらいしてもらわないと、割に合わないだろう」

それまで逃げ腰だったオリガは、彼の所業を知って思わず声を荒らげた。

「あんた正気かっ？　そんなことのために、息子を殺そうとするなんて！」

「死んではおらん。貴様《きさま》が予想よりも早く現れてくれたおかげでな。お前は明日、身分を偽った罪と、エルスに毒を盛った罪で処刑される」

「どういう意味だっ？」

オリガは逃げることも忘れて、噛《か》みつくように尋ねた。

「簡単なことよ。エルスに毒を盛った犯人もお前ということにすれば、民衆はくだらない和平なんて夢から目を覚まし、ユープーへの憎悪を増すだろう。それは、我が国への忠誠と戦力に直結する」

「あんた……頭がおかしいよ。そこまでして、どうしてユープーを滅ぼしたがるんだ⁉」

オリガが愕然《がくぜん》とすると、ガンディクは憎しみを込めて答えた。

「ユープーが目障《めざわ》りだからだ。お前たちのような小国が、我がバンサと肩を並べようとするなどおこがましい。ユープー人は、いつまでも地にはいつくばっていればいいのだ！」

ガンディクが部屋の外に合図を送ると、大勢の衛兵がなだれ込んできて、あっという間にオリガを取り囲んだ。

「オリガ殿下っ！」

悲鳴が聞こえ、縄で縛られたサザがオリガの前に突き飛ばされた。ギョッとするオリガを、ガンディグがせせら笑った。

「わしが何も知らぬと思ったか、愚《おろ》か者《もの》め。みなのもの、裏切り者のサザを独房《どくぼう》に連れていけ。そして、ユープーの囚人は、地下牢に閉じ込めよ！」

オリガは衛兵に縄で縛られ、ガンディクの前に膝《ひざ》をつかされた。

「処刑の前に、鼠《ねずみ》に食われるなよ。薄汚いユープー人め」

ガンディクの高笑いに、オリガは耳をちぎられるような苦しみを覚え、敗北を認めるしかなかった。

コチュンとトギは、日が沈《しず》むと同時にピンザオ市内に入った。いつもなら仕事を終えた人々で繁華街《はんかがい》が賑《にぎ》わう時間なのに、街は異様な慌《あわ》ただしさに包まれている。

「なんだろう。もしかして、王宮で何かあったのかな」

いつもと違う様子の街を見て、コチュンは胸騒《むなさわ》ぎを覚えた。すれ違う人々は不安そうな顔をしていたり、まるで引《ひ》っ越《こ》しでもするかのような荷物を抱えたりしている。コチュンとトギが彼らを横目に歩いていると、後ろから声をかけられた。

「トギさんじゃないですか、田舎《いなか》から帰ってきたんですね」

トギの同僚《どうりょう》のルマが、離れた店先から走ってきたのだ。彼女も、大きな荷物を抱えている。

「よう、ルマ。すごい大荷物だな」

「ええ、食料を買いだめしておこうと思って」

ルマが当たり前のように答えたので、トギとコチュンはきょとんとした。するとルマは、周りの目を気にしながら二人に教えてくれた。

「トギさんはまだ知らないんですね。近々、ユープー国と戦争が始まるらしいですよ」

「せ、戦争だって⁉」

二人が大きな声をあげると、ルマは深刻な顔で頷いた。

「王宮から、ニジェナ皇后の公開処刑が発表されたんです。輿入《こしい》れされたニジェナ皇后が、バンサ王宮を乗っ取るために送り込まれた偽者《にせもの》だったとか。しかも、バンサ皇室の権力をそぐために、エルス殿下に毒まで盛ったそうですよ。釈明《しゃくめい》の余地もない大罪ですよ。もうユープー国との戦争は避けられません」

「オリガがそんなことするはずないのに、処刑だなんて……」

あまりの衝撃《しょうげき》にコチュンは言葉を失ってしまった。代わりに、トギがルマに尋ねた。

「公開処刑って、もう日程は決まっているのか？　場所は？」

「明日ですよ」

「あ、明日っ？」

あまりに急すぎる展開に、コチュンもトギも大声を出してしまった。ルマは周りの目を気にしながら、さらに声を潜《ひそ》めた。

「数日前から、市内のすべての馬車屋に休業命令が出たんです。戦争に備えて田舎に引っ越す民《たみ》が多いので、公開処刑に人が集まらないことを、王宮が心配してるんじゃないかって、みんな噂《うわさ》していますよ」

「処刑に人を集めたいってことか、悪趣味《あくしゅみ》だな」

トギが怒《いか》りをにじませると、ルマは嘆《なげ》くように言った。

「処刑なんか見たくはないですけど、今回の事件は本当に残念です。ニジェナ皇后のおかげで、ユープー国と仲良くできると思っていたのに、裏切られた気分ですよね」

ルマはそう告げると、買い物の途中《とちゅう》だからと歩いていった。だが、残されたトギとコチュンは、もう街の様子を見るどころではない。

「わたし、今すぐ王宮に行く。このままじゃ、オリガが殺されちゃうよ」

「そんなヤケクソで動いたってだめだろ。しっかり計画を練ってからじゃないと、余計に大事になるぞ。見てみろ、町中の人が怯《おび》えてる。戦争がすぐそこまで迫ってるんだ」

トギはコチュンを落ち着かせるつもりで促した。コチュンも、街の様子に目を向けると、顔を曇《くも》らせる人や、何かに怯える人の姿が目に入った。かつて、オリガの輿入れや牛相撲《うしずもう》で大歓声《だいかんせい》をあげていたのと同じ人々だとは、到底《とうてい》思えない。

そのとき、コチュンの脳裏《のうり》にある考えがよぎった。

「ピンザオ市民のみんなで、オリガを助けられないかな」

「オリガが偽者だっていう情報はもう知《し》れ渡《わた》ってるんだろ。そりゃ、一時は人望もあっただろうけど、今更《いまさら》オリガの味方をしてくれる奴《やつ》なんかいるわけないだろ」

コチュンの提案に、トギは難しい顔をして答えた。

「どうしたらいいのかな……どうしたら……」

コチュンがいくら頭を抱えても、明確な解決方法は思い浮かばなかった。そうしている間にも、処刑の時刻が迫っている。これ以上、迷っている暇などない。コチュンは覚悟《かくご》を決めると、王宮に戻る方法を考え始めた。

オリガの処刑が伝えられた王宮内では、トゥルムが完全に監禁《かんきん》状態となっていた。次男に毒まで盛った上皇の策略にはまり、密《ひそ》かにトゥルムと通じていたサザも投獄され、トゥルムは最後の仲間までも奪われてしまったのだ。

そこへ、衛兵を連れたガンディクが現れた。トゥルムは怒りをむき出しにして父親に摑みかかろうとしたが、衛兵たちに押さえつけられ、無理やり椅子《いす》に座らされた。

「父上っ、あなたの行いは普通《ふつう》ではない！　エルスを犠牲《ぎせい》にしてまで戦争を引き起こすなんて、常軌《じょうき》を逸《いっ》している！」

「あの子は、この先どう転んでもわしの期待に沿うことはできないだろう。ならばその命を国のために費《つい》やしてもらって、何が悪い」

ガンディクは薄《うす》ら笑いを浮かべ、トゥルムの前に腰《こし》かけた。衛兵に押さえつけられたトゥルムは、苦《くる》し紛《まぎ》れに唾《つば》を吐《は》きかけた。するとガンディクが顔をしかめた。

「父上、あなたは国を治める者にふさわしくない！」

トゥルムが怒鳴った直後、ガンディクがトゥルムの頰《ほお》を叩《たた》いた。

「貴様こそ、皇帝として失格だ。国の繁栄《はんえい》のために他国を支配下におさめられる絶好の機会だというのに。その利点を何一つわかっていないではないか」

そう告げると、ガンディクは衛兵に指示を出した。二人の間に地図が広げられ、ガンディクは指でバンサ国とユープー国を指さした。

「今やユープーのオリガは、我が国を欺《あざむ》いた大罪人。先に同盟関係を壊したのはユープーなのだ。オリガを処刑すればユープーは躍起《やっき》になって攻めてくるだろう。我らはそれを迎《むか》え撃《う》つだけでいい。嘘つき皇后に騙《だま》され、エルスを失った国民も、ユープー国への応戦を支持し、食料でも税金でも、もちろん徴兵《ちょうへい》でも、喜んで応じるはずだ。我らは最小の犠牲を払《はら》い、大いなる勝利を手に入れられる」

「父上、わたしには、その考えがまったく理解できません」

トゥルムは、父親とのあまりに大きな隔《へだ》たりを感じて目元を押さえた。

「他国に戦をしかけて勝とうとするのは、愚《おろ》か者《もの》のする考えです。わたしは、勝者にも敗者にもならずに生き残ることこそ、統治者が選ぶべき道だと考えています。現に、わたしはユープー国の王弟と友情を結び、助け合うことができました。父上の横やりさえなければ、何もかもすべてうまくいったんです」

「ユープー国との融和《ゆうわ》など、国を殺す毒にしかなりえない」

「毒は、他国などではない。この国を殺す毒はあなたです、父上」

「もういい、お前と話すだけ無駄《むだ》だ。お前もわしの期待に沿う息子ではなかったな」

ガンディクはイライラした様子で立ちあがると、衛兵を引き連れて部屋を出ていこうとした。その背に、トゥルムが怒鳴る。

「父上がどれだけ邪魔《じゃま》をしようと、わたしは諦《あきら》めません！」

しかし、ガンディクはトゥルムの訴《うった》えに耳を貸すことなく、乱暴に扉を閉めて出て行ってしまった。トゥルムは机を叩き、残された地図の前に座り直した。


その頃、コチュンはトギの馬車に乗って王宮内に侵入していた。以前よりも王宮の警備が厳しくなり、抜け道を使うのは危険と判断したのだ。集荷《しゅうか》の馬車で王宮に入り、トギが正規の手続きを取って荷物を運び入れた。御者《ぎょしゃ》に扮《ふん》していたコチュンは、使用人の通用口の前で馴染《なじ》みの女中服に着替《きが》えた。

「コチュン、おれはもう出なくちゃならない。本当に気をつけろよ」

馬車の上からトギが不安そうに声をかけた。コチュンは化粧《けしょう》で顔の傷痕を隠《かく》し、お団子髪《がみ》をほどいている。それでも、知っている人間が見れば、コチュンだとすぐにバレてしまうだろう。すべては時間との勝負だ。

「大丈夫、トギも無事に王宮を出てね」

コチュンはトギと別れると、使用人の通用口に向かった。ところが、見張りの衛兵たちがコチュンを呼び止めた。

「使用人がなぜ外に出ている。王宮内は、人の出入りを禁じているはずだぞ」

「すみません、実は洗濯物《せんたくもの》が外に飛んでいってしまって、こっそり取りに行ったんです」

それらしく取《と》り繕《つくろ》ったが、衛兵たちの疑り深い目は変わらない。コチュンは固唾《かたず》をのんで、衛兵たちが通してくれることを願った。そこに、通用口の奥から声がした。

「そんなところにいたのね、どこにもいないから探したのよ！」

王宮の中から、女中のムイが息を切らして走ってきたのだ。コチュンは驚いたが、衛兵たちにバレないように素知らぬふりをした。

「なくした洗濯物を探していたの。ちゃんと見つけたわ！」

「よかった、わたしも探していたの！」

ムイはコチュンに話を合わせ、衛兵たちに笑顔を向けた。王宮の中から来た女中の話に、衛兵たちは疑惑《ぎわく》の目を引っ込めた。追い払うようにコチュンを中に通すと、彼らは再び警備の仕事に戻っていった。

「助けてくれてありがとう、ムイ」

コチュンが礼を言うと、ムイは笑顔を見せた。

「本当に偶然《ぐうぜん》、コチュンの姿が目に入ったの。きっと運に恵《めぐ》まれたんだね」

嬉しそうに語るムイに、コチュンは抱《だ》きしめたいほど感謝した。ところが、ムイはすぐに険しい顔になると、ひそひそとコチュンに耳打ちした。

「王宮内は開戦するかもしれないという噂で、大混乱してるの。女中たちも仕事どころじゃないわ」

ムイが言う通り、王宮内は雑然としていて、掃除《そうじ》や片付けが行き届いていない箇所《かしょ》が目立っていた。オリガの処刑が発表されると、戦争は避けられないと絶望した給仕人《きゅうじにん》たちが、次々に田舎の家に帰らせてほしいと訴え出て、あらゆることが緊縮《きんしゅく》されているのだそうだ。

「それでもコチュンは、偽者のニジェナ様を助けに来たんだね」

ムイは、確信を得たように尋ねた。

「うん、彼が生きてユープーに帰れたら、少なくとも開戦のきっかけは阻止できるはずだよ。バンサ国のためにも、処刑を中止にさせなくちゃ」

コチュンとムイは王宮内を駆《か》け抜《ぬ》け、地下牢のある棟《とう》を目指した。ところが、そこには前よりもたくさんの衛兵たちがいて、とてもではないが、忍《しの》び込《こ》むなんてできそうにない。

「どうしたらオリガ様を助け出せるのか考えないと……」

コチュンは呟《つぶや》くと、ふいに窓の外を眺《なが》めた。城壁《じょうへき》の向こうに、大きな木製の建築物が作られている。コチュンは窓に近づき、ムイを呼んだ。

「ムイ、あれって何だろう……」

「絞首台《こうしゅだい》だよ。あそこに、偽者のニジェナ様を吊《つ》るすんだって」

コチュンの首筋に、鳥肌《とりはだ》が立った。初めて見た絞首台はあまりにおぞましく、冷静に振る舞っていたはずのコチュンでも、タガが外れたように震え出してしまった。

「あんなものに吊るされるなんて……早く、オリガ様を助けないと」

するとムイが、青ざめたコチュンを励《はげ》ますように告げた。

「きっと助けられるよ」

「でも、衛兵を振りきってあの地下牢に降りるのは難しいよ……」

「なら、王宮のどこかに火をつけるのはどう？　前に偽者のニジェナ様を助けたときも、蓮華《れんげ》の宮《みや》が火事になったでしょう？」

大人しいムイが考えたとは思えない過激な提案に、コチュンは目を丸くした。一連の騒《そう》動《どう》に巻き込んだせいで、ムイも少しやんちゃな子になってしまったのかもしれない。

「さすがに火をつけるのは危ないと思う……それより、牢屋に降りられる給仕《きゅうじ》のふりをするほうが、安全じゃないかな」

「それなら、牢屋の給仕を任されてる女中を探して、当番を変わってもらえるわ」

ムイが明るい声で頷いてくれたので、コチュンは少しだけ不安な気持ちが和《やわ》らいだ。

「戦争を食い止めるためにも、オリガ様を助けなくちゃ」

ムイが給仕係の女中を探しに行ったのを見届け、コチュンも動き出そうとした。ところがそのとき、後ろから手を摑まれ、コチュンは驚いて声をあげてしまった。

「やっぱり、誰かと思ったら、コチュンだわ！」

コチュンの手を摑んでいたのは、意地悪な先輩《せんぱい》女中のリタだった。彼女の後ろには、取り巻きの女中たちも集まって、嬉々《きき》としてコチュンを睨《にら》みつけている。コチュンは予想外の横やりに驚き、彼女たちの拘束《こうそく》を振りほどこうとして、無我夢中《むがむちゅう》で手足を振り回した。

「離して！　このままじゃ、バンサとユープーが戦争になっちゃう！　食い止めるためには、地下牢のあの人を助けなくちゃいけないの！」

コチュンが叫んだ途端《とたん》、リタは驚いた顔をして、手を摑む力を緩めた。その隙《すき》をついて、コチュンはリタたちから逃げるために走り出した。ところが、目の前にはリタたちが呼んだ衛兵が詰《つ》めかけており、コチュンはあっという間に取り囲まれてしまったのだ。

「ユープーの密偵《みってい》めっ、大人しくしろ！」

殺気立った衛兵たちは、一斉《いっせい》にコチュンを押さえつけようとした。その拍子《ひょうし》に、コチュンは頭を思いっきり打ちつけ、声もあげられずにそのまま意識をなくしてしまった。

「……う、いたた。ここは」

コチュンは、殺風景な大部屋の中で目を覚ました。起きあがろうとすると、頭に激痛が走り、たまらず呻く。

「そっか、わたし、衛兵から逃げようとして……」

床《ゆか》になぎ倒《たお》された拍子に、気絶してしまったようだ。くらくらしているのは、頭を打ったせいだろう。天井《てんじょう》近くの小さな窓から、日の光が差し込んでいる。コチュンは小さな明かりを頼《たよ》りに、自分のいる場所を見渡《みわた》した。むき出しの石壁《いしかべ》と、遮《さえぎ》るもののない鉄格子。紛れもない牢屋の中だ。意識がはっきりしてくると、声がした。

「コチュン！　気がついたか！」

コチュンはハッと息を呑むと、鉄格子に駆け寄って、向かいの牢屋に目を向けた。真向かいの牢屋に、着飾《きかざ》った姿のオリガがいたのだ。


「オリガ、無事なの？　ひどいことされてない？」

コチュンが牢屋から呼びかけると、オリガは格子《こうし》の向こうで頷いた。だがその返事に反するように、オリガの外見が変わっていた。長い金髪《きんぱつ》に、美しい化粧を施し、女性の装《よそお》いをしている。皇后の姿に戻ったオリガに、コチュンは困惑《こんわく》してしまった。

「オリガ、その格好《かっこう》は……？」

だが、オリガはコチュンの質問には答えず、美しい顔を引きつらせ怒鳴った。

「どうしてコチュンまでここに来たんだ⁉」

その迫力《はくりょく》はすさまじく、コチュンは身を縮めた。

「オリガを、助けようとしたの」

「ばか！　そんなことしたら、牢屋に入れられることぐらいわかるだろ！」

コチュンの答えに、オリガは喜ぶどころか、さらに声を荒らげた。

「おれは、もうこれ以上お前を巻き込みたくなかった。衛兵に捕まったときも、コチュンさえ無事なら、それでいいと思った。なのに、どうしてお前まで‼」

「何もしないなんてできないよ！　何もしなかったら、オリガは殺されちゃうんだよ。バンサ国とユープー国の戦争だって、止められないんだよ⁉　それでもいいの⁉」

コチュンが感情をむき出しにして訴えると、オリガの表情は失意に満ち、苦痛に歪《ゆが》んだ。

「おれに、これ以上何をやれって言うんだ。おれが処刑されるまで、もう時間もない。平和のためにできることなんて何もない。だからせめて、コチュンだけでもと思ったのに……」

オリガは身に着けているものに手を這《は》わせた。

「おれの格好を見てみろよ。金髪のかつらに、女物の衣装《いしょう》。バンサ皇室の名誉《めいよ》を守るため、おれは皇后の名を騙《かた》った女の罪人として処刑されるんだ。ユープー国の王族とバンサ国の皇帝が共謀《きょうぼう》していたなんて、誰も知らないまま闇《やみ》に葬《ほうむ》り去《さ》られる。両国の関係は、前よりもっとひどくなるだろう。偽装結婚を仕組んだのは、こんなことをするためじゃなかったのに、滑稽《こっけい》な話だろ」

オリガは牢屋の中で力なく座ると、深いため息をついた。

「ユープー国とバンサ国が友好関係を築くなんて、無理だったんだ。どうやったって、憎しみは止められない。話も通じない。歩み寄ることもできない。こんな無謀《むぼう》なことに人生を費やすのは、もううんざりだ！」

オリガは泣くように叫ぶと、悔《くや》しそうに鉄格子に拳《こぶし》を叩きつけた。コチュンは、こんな自暴自棄《じぼうじき》になっているオリガを見るのは、初めてだった。

「オリガ、王宮で何があったの？」

「……上皇が、エルス殿下に毒を盛った。その罪をおれに擦《なす》りつけ、ユープー国に対する民衆の憎悪を、さらに膨《ふく》れあがらせるつもりだ。そうなれば、もうバンサとユープーが和平を結ぶなんて、あり得なくなる。上皇は自分の息子を手にかけてまで、ユープーとの戦を望むんだ……」

コチュンは言葉を失ってしまった。一連の王宮を揺《ゆ》るがせた事件は、やはり上皇が仕組んだ罠《わな》だったのだ。オリガが友好を結ぶためにやってきたことのすべてを、水の泡《あわ》にしようとしている。

オリガはもう一度、鉄格子を叩いた。すると褐色《かっしょく》の手に、赤い血がにじんだ。それを目にしたコチュンは、化粧で隠した顔の傷痕に指を這わせた。自分が怪我《けが》をしたときも、流れたのはオリガと同じ赤い血だ。コチュンが傷を負ったとき、オリガはコチュンと一緒に悲しんでくれた。そして、楽しいときや嬉しいときには、一緒に笑ってくれた。

コチュンはそのことを思い出すと、もう一度オリガに呼びかけた。

「そんなことない。オリガがしようとしたことは、無謀なことじゃなかった」

コチュンは、服の袖で顔の化粧をゴシゴシ落とした。次に顔を上げたとき、コチュンの顔には、傷痕が浮かびあがっていた。

「わたしたちに、同じ色の血が流れているように、わたしたちには、同じ心がある。同じ心をもっているなら、たとえ違う国の人でも、わかり合うことができる。オリガが、わたしに教えてくれたことだよ」

コチュンは、顔の傷痕を誇るように笑顔を見せた。

「オリガには、まだできることがあるでしょう。わたしに教えてくれたことを、オリガの口から、バンサ国のみんなに伝えたらいいんだよ！」

だが、オリガは俯いたまま、沈んだ声で答えた。

「伝えたところで、誰も聞く耳なんかもってくれない。おれにはもう、何もできないよ」

「オリガにならできるよ！」

コチュンは俯いたままのオリガに、さらに訴えた。

「わたしはわかるよ。わたしは、女中だからオリガの傍《そば》にいたんじゃない。オリガが平和を目指して必死に頑張《がんば》る人だって知ったから、あなたの言葉を信じようと思ったの！」

コチュンの必死の訴えに、オリガは頭をあげた。その目には涙《なみだ》が光っていた。コチュンはたまらず、感情をぶつけるように叫んだ。

「わたし、真っ直ぐなオリガのことが、大好きなの！」

「おれも、コチュンを愛してる」

返ってきた言葉に、コチュンは目を丸くして立ち尽くした。すると、泣きべそ顔だったオリガは、面白《おもしろ》そうに笑い出した。

「先に好きって言ったくせに、なに驚いてるんだよ」

「え、だって、急に答えるから……」

今までの勢いが嘘のように、コチュンは声を小さくして俯いてしまった。顔から湯気が出そうなほど、頬が真っ赤になっているのが自分でもわかる。愛してるなんて言葉、ほかの誰からも言われたことはない。

だが、もう一度オリガの顔を見た途端、コチュンのなかの恥《は》ずかしさは吹《ふ》き飛《と》び、怖《こわ》いくらいに恋《こい》しい気持ちがあふれ出していた。

「わたしも、オリガを愛してる。最後まで諦めないオリガを愛してる」

コチュンも涙声《なみだごえ》で応《こた》えると、オリガは柔和《にゅうわ》な笑《え》みを見せた。

だが無情にも、牢屋の扉が開かれ、衛兵たちが次々に牢屋に流れ込んできた。

「ユープー国の罪人オリガ。貴様をバンサ国を混乱させた罪で絞首刑《こうしゅけい》に処す」

コチュンは窓を見あげた。いつの間にか、処刑が始まる時刻になっていたのだ。牢屋から出されたオリガは、衣装を引きずるように歩き出した。その背中に、コチュンが叫んだ。

「オリガっ」

喉《のど》を引き裂くような声に、衛兵たちも思わずコチュンを振り返った。オリガは足を止めると、周りの兵士たちに告げた。

「あの子の前に、行かせてくれないか」

「口を慎《つつし》め、お前は罪人なんだぞ」

衛兵は厳しい口調でオリガを咎《とが》めたが、オリガは怯《ひる》むことなく衛兵を見つめた。

「頼む。最後の別れを、一言だけ」

オリガの真《ま》っ直《す》ぐすぎる視線に、兵士たちはたじろいだ。

「……いいだろう。一言だけだ」

オリガは踵《きびす》を返し、鉄格子越《ご》しにコチュンを抱きしめた。二人の間を阻む鉄格子が、絞首台よりも忌々《いまいま》しい。それでもオリガは、コチュンの背に回した両手に力を込めた。

「コチュン、顔を見せて」

耳元でオリガに囁《ささや》かれたコチュンは、オリガの顔を見つめた。すると、オリガの顔が鉄格子越しにコチュンに近づき、唇《くちびる》が重なり合った。

「ありがとう、コチュン」

顔を離したオリガは微笑んだ。

「今の、仕来《しきた》りの口づけ?」

コチュンは涙声で尋ねた。するとオリガは、眉を寄せて悪戯《いたずら》っぽく笑った。

「バンサ国では、特別な意味でしか口づけしないんだろ?」

オリガの答えにコチュンは顔を赤くした。だがすぐに、衛兵たちがオリガを引き離した。

「オリガっ!」

コチュンは、オリガが牢屋から連れ出される最後の瞬間《しゅんかん》まで名前を呼び続けた。オリガは一度も振り返ろうとはしない。けれど、さっきまで裾《すそ》を引きずるように歩いていたのに、今は背筋を伸《の》ばし、最後まで諦めないオリガに戻っていた。牢屋に残ったコチュンには、祈《いの》るような気持ちで、その背中を見送ることしかできなかった。


王宮前広場に、処刑の時刻を知らせる太鼓《たいこ》の音が響《ひび》き渡った。監禁されたまま一夜を過ごしたトゥルムは、親友が処刑されてしまうのを阻止する方法を考え続けていた。見張り

がいるため、脱走《だっそう》は絶望的。どうしたらいいのか……と焦《あせ》りを募《つの》らせたとき、部屋の外から、誰かが扉を叩いた。衛兵の一人が用心しながら扉を開けると、男が飛び込んできて衛兵を殴《なぐ》り倒した。部屋に現れた男は、あっという間にすべての見張りの衛兵を昏倒《こんとう》させた。

「陛下、お迎えにあがるのが遅《おそ》くなり、申し訳ありません」

私服姿のサザが、トゥルムのもとへと駆け寄った。

「サザ！　お前、投獄されていたんじゃなかったのか」

トゥルムが尋ねると、サザは答える代わりに後ろを振り返った。部屋の入り口に、青い顔をしたエルスが寄りかかっていた。

「エルス、身体は大丈夫なのか？」

エルスは父に盛られた毒のせいで、酷《ひど》い熱に苦しめられているはずだ。しかし、トゥルムが駆け寄ると、エルスはやつれた顔に、誇らしげな笑みを浮かべた。

「心配はいりません。サザと一緒に、兄上を助けに来たのです。一刻も早く、オリガ殿下の処刑を止めなければ、戦争が起きてしまいます」

答えるなり、エルスは深く咳《せ》き込んだ。トゥルムは椅子に座るように促したが、エルスは兄の申し出を断り、力強く訴えた。

「父上の仕打ちでよくわかりました。もう何もしないでいることはできません。すぐに処刑場にまいりましょう。今ならまだ間に合います」

エルスの言葉に、トゥルムは頷いた。倒れた衛兵たちを縄で縛《しば》ると、一目散に部屋を飛び出した。


同じ頃、コチュンが閉じ込められている牢屋にも、一人の訪問者が現れていた。薄明かりのなかに、黄色い女中服が見えると、コチュンは親友のムイが来てくれたと期待した。ところが、コチュンの目の前にやってきたのは、先輩女中のリタだった。

「り、リタ先輩、どうしてこんなところに……」

コチュンは驚きのあまり、それ以上言葉が続かなかった。しかし、リタは我が物顔で見張りの衛兵を呼びつけると、コチュンの牢屋の鍵《かぎ》を開けるように命令した。

「わたしの父上はバンサ国軍の将校よ。あんたの悪い噂を流されたくなかったら、さっさとこの小娘《こむすめ》を外に出しなさい」

「そんなことできるわけないだろ」

衛兵があざ笑うように答えると、リタは一枚の紙を取り出した。

「あたし知ってるのよ。あんたがピンザオ市の酒場で、女の子を口説くために、階級を偽ったり、軍の備品を持ち出したりしたのを。そのことをバラされたくなかったら、どうすればいいかわかるわよね」

衛兵はリタの言葉にグッと息を呑むと、悔しそうに命令に従った。あっさりと外に出されたコチュンは、驚いてリタを見た。

「なんでリタ先輩が……、わたしを助けに来てくれたんですか？」

「バカね、そんなことするわけないでしょ！」

コチュンの問いかけに、リタはふんぞり返って答えた。彼女の意図が掴めず、コチュンはますます不信感を募らせた。するとリタが、気まずそうに尋ねてきた。

「あんた言ってたわよね。あの偽皇后の処刑を止めれば、戦争は避けられるって」

「えっ？」

予想していなかった問いかけに、コチュンは眉を寄せてしまった。するとリタは、重たい息を吐き出すと、居たたまれなさそうに打ち明けた。

「わたしの父上と兄上は、バンサ国を守る軍人よ。戦争になったら、父上と兄上が真っ先に戦場に送られる。わたしの家族を守るためには、あの偽《にせ》皇后が殺されるわけにはいかないのよ！」

縋《すが》るようなリタの告白で、コチュンはようやく腑に落ちた。

「リタ先輩、だから、処刑を止めるためにわたしを……」

「むかつくけど、あんたがあいつを助けたら、戦争は防げるんでしょ」

リタは泣きそうな顔で尋ねた。彼女のこんな姿を見たのは初めてで、それほど王宮内でみなが危機感を募らせているのだとわかった。コチュンは、これまでの確執《かくしつ》も忘れて、リタに感謝した。

「ありがとうリタ先輩、絶対、諦めないで頑張る」

コチュンはリタに礼を言うと、地下牢の階段を駆けあがった。

「本当は、あんたなんか大嫌《だいきら》いなんだからね！」

残されたリタは、最後に憎《にく》まれ口《ぐち》を叩いた。

処刑に臨《のぞ》むオリガは、これから首を縛られるというのに、化粧の仕上げをさせられていた。粉をはたいて、唇に紅をのせ終えると、再び衛兵たちに囲まれた。

「近くで見ると、やっぱりいかついなあ。色気も何も感じねえや」

衛兵たちがあざけった。オリガが身に着けているのは、コチュンが仕立てた衣装ではない。そのため、いくら美しく着飾っていても、オリガの隠しようのない男性的な輪郭《りんかく》がわかってしまうのだ。オリガは仕方なく、衣装の上から羽織《はおり》に袖を通した。

「もっと腕のいい職人の衣装を用意してほしかったね」

「死刑囚《しけいしゅう》が無駄口《むだぐち》を叩くな、さっさと歩け！」

衛兵は乱暴に言い放つと、オリガを小突《こづ》いた。バンサ国の風習により、処刑に向かう囚人が歩けるのは、黒い砂利《じゃり》を敷き詰めた専用の道だけだ。一歩を踏《ふ》み出すたびに砂利が軋《きし》み、死に近づく恐怖《きょうふ》が膨れあがる。

処刑場に着いたオリガを待っていたのは、広場を埋《う》め尽くす観衆と、そびえ立つ絞首台だ。オリガはゴクリと息を呑んだ。すると衛兵の一人が、オリガに耳打ちした。

「大丈夫、痛みはなく、一瞬《いっしゅん》で終わる」

その無意味な励ましに、オリガは思わず笑ってしまった。

「それはありがたいね」

衛兵との会話を切りあげると、オリガは絞首台の奥に目を向けた。広場を見下ろすように、閲覧席《えつらんせき》が設けられている。その真ん中に、勝ち誇った顔のガンディクが座っていた。

彼の周りには、バンサ国を牛耳《ぎゅうじ》る貴族たちがずらりと並び、オリガの処刑を今か今かと待ち構えていた。オリガが死ねば、その報復としてユープー国が大挙して攻め込んでくる。ガンディクが支配するバンサ国は、喜んで応戦するだろう。そうなれば、両国の関係改善は絶望的。それどころか、戦いに勝ったあと、バンサ国への狼藉《ろうぜき》を働いたユープー国に、どんな要求でも通すことができる。ガンディクは、自分の思い通りに事が運んだことに、笑みを浮かべていた。

「さあ、絞首台にのぼれ」

衛兵に尻《しり》を叩かれたオリガは、長く息を吐き出すと、遠慮《えんりょ》がちに衛兵に告げた。

「王宮の牢屋に、お団子髪の少女が捕《と》らえられている。おれを牢屋から出そうとして、逆に牢屋に入れられたんだ。でも彼女は悪人じゃない。彼女を自由にしてくれないか」

衛兵が怪訝《けげん》そうに尋ね返すと、オリガは微笑んだ。

「その少女とは、いったい何者だ」

「何者でもない。ただ愛しているんだ、その子のことを」

衛兵は気まずそうに目を逸《そ》らした。国を欺いた罪で殺される男の、最後の頼みが、恋人《こいびと》の命乞《いのちご》いだとは夢にも思わなかったのだ。オリガは期待を込めた微笑《びしょう》を衛兵に見せると、ゆっくりと絞首台の階段をあがり始めた。


王宮前広場は、異様な興奮に包まれていた。普段《ふだん》は何もない広場に、巨大《きょだい》な絞首台が建てられ、それを見物する民衆が集まっている。なかには、「やっぱりユープーは信用できない」とふんぞり返る人がいる。その一方、平和への架《か》け橋《はし》が失われた悲しみに、涙を流す者もいた。絞首台にのぼったオリガには、すべての人の顔がよく見えた。結果的に彼らを裏切ってしまった罪悪感に苛《さいな》まれ、オリガはたまらず下を向いた。

絞首台の上では、処刑人がオリガを待ち構えていた。

「お前は我が国を欺き、バンサ皇室の人間に狼藉を働いた。その罪状に相違《そうい》はあるか」

「……相違ない」

処刑前の形式的な答弁は、囚人に罪状を確認《かくにん》させ、改めて罪の重さを知らしめるために行われる。処刑人が列挙した罪状は、すべて本当のことだ。オリガは国中を欺き、皇后に成りすます狼藉を働いた。たとえ、目的が平和を守るためだったとはいえ、罪は必ず償《つぐな》わなければならない。オリガが覚悟を決めて瞳《ひとみ》を開けると、処刑人は、形式的な問答を続けた。

「お前の言葉に、嘘はないな？」

オリガは、処刑人ではなく民衆に向けて口を開いた。

「一つだけ、嘘をついた」

そう話しながら、オリガは自分の頭部をわし摑《づか》みにして、長い髪の毛《かみのけ》を、ずるりとはぎ取ってしまった。除幕式のように、短い髪と逞《たくま》しい首筋が露《あら》わになり、処刑人も民衆も、驚きのあまり息を吞んだ。

オリガは、この場にいるすべての人に向かって、声を張りあげた。

「おれは女ではなく男だ。真の名はオリガ。ユープー国の王族として、バンサ国との和平のために、女だと嘘をついて皇后に成りすましていた」

王宮前広場に駆けつけたコチュンは、オリガが偽りの姿を脱《ぬ》ぎ捨《す》てた瞬間を目撃《もくげき》した。あまりに突飛《とっぴ》な行動だったため、処刑人はオリガの行動を止めることができず、民衆はもちろん、閲覧席のガンディクまでもが驚愕《きょうがく》していた。

民衆はオリガの正体に動揺《どうよう》し、かつてないほどの激震《げきしん》が走っていた。なぜ、ユープー国の王族が、性別を偽ってバンサ国に嫁《とつ》いできたのか。その理由を求めるために、民衆は処刑の中断を訴え始めた。民衆の動きを目にしたガンディクは、慌てて発破《はっぱ》をかけた。

「今すぐやつを殺せ！」

これ以上、オリガに勝手な真似はさせられないと判断したのだ。処刑人は急いでオリガの首に縄をかけようとするが、オリガははぎ取ったかつらを投げつけ、処刑人の手をかわした。

「聞いてほしい！　おれが身分を偽り、トゥルム皇帝との政略結婚に臨んだのは、両国の同盟を結び平和な世を作るためだった！」

オリガは狭《せま》い絞首台の上で声を張りあげ、民衆に訴えた。ところが、勢いを取り戻した処刑人がオリガに摑みかかり、処刑のための縄を、オリガの首にかけてしまう。いきなり首を絞《し》められ、オリガは息を詰まらせた。

形式的な処刑ではなく、乱雑な暴虐《ぼうぎゃく》を見せつけられた市民は、たまらず悲鳴をあげた。

「やめてっ、その人を離してっ！」

民衆の中にいたコチュンも訴えた。ところが、処刑人はガンディクの命令を忠実に遂行《すいこう》するために、縄をかけたオリガを、さらに絞首台から突き落とそうとした。

民衆は息を呑み、残虐《ざんぎゃく》な行為《こうい》から目を背《そむ》けた。だが、一人の男が絞首台を駆けあがり、処刑人に飛びかかった。トゥルムが寸前のところで、オリガが突き落とされるのを食い止めたのだ。

「わたしはバンサ国皇帝として、この処刑の中止を決定する！」

トゥルムが声を張りあげると同時に、サザとエルスがオリガに駆け寄り、絞首台の淵《ふち》から引き寄せ、縄を取り外した。

「オリガ殿下、間に合ってよかった……」

エルスは消えそうな声で呟くと、その場に倒れ込んでしまった。それを見た民衆は驚いた。エルスは、罪人の男に毒を盛られたはずなのに、その男を助けた。矛盾《むじゅん》する行動に、民衆はこの処刑の意義を疑い始めたのだ。

トゥルムは、民衆に動揺が走る様子を目で追いながら、エルスに駆け寄った。

「サザ、エルスを下に降ろしてくれ。おれにはまだやることがある」

トゥルムが弟の介抱《かいほう》をサザに頼むと同時に、ガンディクの怒声《どせい》が飛んできた。

「トゥルム、貴様なんのつもりだ！」

ガンディクは衛兵たちを呼びつけ、トゥルムを引きずり下ろすように命じていた。だが、サザに支えられたエルスが足を止め、苦しそうに声をあげた。

「これ以上騒《さわ》ぎ立てないでください！　父上こそ、嘘をついて国中を混乱に陥《おとしい》れました！　このわたしに、毒を盛ったのは、父上ではないですかっ！」

エルスの衝撃的な告白に、ガンディクは反論をのみ込んだ。

事態をより重く受け止めたのは、民衆や周りの衛兵たちだ。疑惑の目をオリガからガンディクに移《うつ》し替え、真意を探ろうとした。だが、エルスが命を懸《か》けてオリガを助け、震える声で真実を告白したのを見れば、どちらが本当のことを言っているかは歴然だ。

このままでは、絞首台に立たされるのは自分になってしまう。ガンディクはみるみる顔の色を失い、民衆たちに目を向けた。

「騙されるな、ユープーは忌《い》まわしい敵国だ！　ユープー国は貧しく小さい。奴らに気を許せば、ユープー国はバンサ国のものを奪うために、今にも攻め込んでくるぞ！　わしは、その野蛮《やばん》なユープー国から美しいバンサ国を守ってやっているのだ！」

ガンディクが、民衆の不安を煽《あお》るように捲《まく》し立てた。もともと民衆に蔓延《まんえん》していたユープー国への不信感に、火をつけようとしたのだ。

しかし、バンサ皇室の男子たちと、ユープー国の王族が助け合う姿を目にした民衆は、ガンディクの言葉をそのまま受け取ることはできなかった。

それを裏付けるように、トゥルムがガンディクに真実を突きつけた。

「父上は、いつまで偏《かたよ》った思想をもち続けるつもりですか、わたしたちは、生まれた国こそ違うが、友情を結ぶ理由に大した違いはありません。父上が邪魔をしなければ、もっと早く、バンサ国とユープー国は同盟を結び、和平の道をともに歩めたでしょう」

トゥルムは最後通告のようにガンディクを睨むと、周りの衛兵たちに命令し、ガンディクを連れて行くように命じた。この国の上皇の狼藉に、法の裁きを下すのはまたの機会だ。

トゥルムは、今度こそエルスに休むように告げると、オリガの横に並んだ。

「オリガ、おれたちの目的は戦争の回避だった。しかし、そのために犯《おか》した罪は、償わなければならないはずだ。それをここで成《な》し遂《と》げよう」

「……おれも、同じことを考えていたよ」

オリガは頷くと、トゥルムと一緒にすべてを告白することを決意して前を向いた。その拍子に、民衆のなかにいるコチュンに気がついた。コチュンは、オリガが助かったことに胸を撫で下ろしていたが、オリガも、コチュンの無事な姿を目にして、笑みがこぼれた。

コチュンは、オリガが自分を見つめているのに気づくと、励ますように頷き返した。

まず最初に口を開いたのは、トゥルムだった。

「わたしとオリガ殿下の政略結婚は、両国の平和を守るために二人で画策したものだ。バンサとユープーが同盟を結ぶとき、我が国が人質を要求したせいで、ユープー国と再び緊《きん》張《ちょう》状態に陥《おちい》ってしまった。そこで、オリガ殿下が性別を偽ってこの国に嫁ぎ、婚姻《こんいん》が円満に結べたように見せかけたのだ。平和を守るためとはいえ、バンサ国のみなを騙すことになってしまった。本当に、申し訳なかった、許してほしい！」

トゥルムは頭を下げた。

オリガもトゥルムに倣《なら》い、深々と頭を下げた。

「嘘をついて、申し訳ない！」

しかし、民衆のどよめきは静まらない。人望の厚いトゥルム皇帝と嘘つき皇后が、どう断罪されるべきなのか判断がつかないうえに、もともとユープー国とオリガに対して、反感をもっている人々も集まっていたのだ。

「ユープー人なんか死刑《しけい》だ、嘘つき野郎《やろう》！」

罵詈雑言《ばりぞうごん》が飛んできても、オリガは穏やかな顔ですべてのバンサ国民に語りかけた。

「おれは、わずかな時間でもバンサ国で生きさせてもらい、心から感謝している」

語り出したオリガの言葉に、バンサ国民たちは驚いて静まり返った。人質として連れてこれたのに、感謝の言葉を述べられるとは、誰も思っていなかったのだ。

オリガは、緊張して乾《かわ》いた唇を一度だけ舐《な》め、再び話し始めた。

「バンサ国のみんなが、おれを疑い、ユープーを嫌《きら》う気持ちは、よくわかる。おれも、国同士で憎しみ合ってきた歴史に思いをはせると、言葉にできない苦しみがある。この苦しみを終わらせるために、嘘つきとののしられても、おれは未来のためになることをしたかった。歴史のわかれ道で、絶望か希望かを選べるなら、バンサもユープーも、希望を選ぶはずだ。だから、話し合いによって憎しみ合う結末を防ぎ、始まってしまった戦争を終わらせる努力をしなければいけなかったんだ」

オリガの話に耳を傾《かたむ》けていた民衆は、すっかり落ち着きを取り戻していた。オリガは、そんな民衆の姿に後押しされ、さらに語り続けた。

「おれは、バンサもユープーも、互いの人生を豊かにすることに力を注ぐべきだと考えている。医療《いりょう》や畜産《ちくさん》、文化でも、協力し合えばさらに発展できる分野があることを、おれはこの国に嫁いできて知った。おれは、そのための努力を惜《お》しまない。残りの人生のすべてを捧《ささ》げて、バンサとユープーが協力し、わかり合える関係を、必ず後世に残してみせる」

「わたしも、オリガ殿下と思いは同じだ」

トゥルムがオリガを肯定《こうてい》し、その肩に手を置いた。

「平和な世の中を作るためには、一組の夫婦《ふうふ》になるよりも、時間をかけて友情を築くことが必要だった。今回の同盟締結での失敗は、まさしくそれだったのだ。どうか、こんな愚かな皇帝を、許してほしい。すまなかった」

再度、頭を下げたトゥルムに、バンサ国の民衆は困惑してしまった。彼らが偽装結婚をでっちあげ、両国の和平を守ろうとした理由はわかった。しかし、一度こじれた外交問題は、そう簡単に修復されるとは思えなかったのだ。

ところがそのとき、ざわめく広場に、一台の馬車が飛び込んできた。民衆は叫び声をあげて馬車を避け、オリガとトゥルムは、ガンディクの放った刺客《しかく》が襲ってきたのかと思い、身構えた。しかし、馬車から現れたのは、見慣れた青年の姿だった。

「おい、オリガはまだ生きてるかっ？　ユープー国の偉《えら》いやつを連れてきてやったぞ！」

御者のトギが、トゥルムとオリガに向かって声を張りあげたのだ。すると、それを皮切りに、馬車からラムレイ地方の防寒着を着た女性が、ゆっくりと姿を現した。

「バンサ国のみなさん、はじめまして。わたくしはユープー国王女、ニジェナです」

現れたのは、オリガと瓜二《うりふた》つの姿をした、ニジェナだったのだ。

「改めて、バンサ国とユープー国の和睦《わぼく》について話し合いたいと思い、はせ参じたのですが……別の機会に出直したほうがよろしいかしら？」

広場に詰めかけていた民衆は縮みあがるほど驚いていたが、彼女の口から和睦の言葉が発せられると、オリガの演説で心を動かされていた民衆は、一斉に歓声《かんせい》をあげ出した。

トゥルムはオリガに尋ねるように目線を向けた。オリガも驚きながらも、笑顔を見せた。

「田舎でいろいろあったんだ。まさか、こんな絶好の機会に飛び込んできてくれるとは、思っていなかったよ」

「なるほど……そういうわけか」

トゥルムは詳細《しょうさい》を聞かないまま頷くと、すぐにニジェナ姫に言った。

「我がバンサ国はニジェナ姫の来国を、心から歓迎《かんげい》いたします」

その言葉に呼応するように、民衆が割れんばかりの声援《せいえん》を送った。

「オリガ殿下とニジェナ姫のおかげで、本当の和睦が始まるぞ！」

「トゥルム陛下、万歳《ばんざい》！」

コチュンの周りの民衆たちも沸《わ》き立ち、地面が抜けてしまうのではと心配になるほど、飛び跳《は》ね出していた。コチュンは周囲の熱気に押されながら、オリガの姿を見ようとした。だが、盛り上がる民衆の奥に、オリガが隠れてしまって、ちっとも見えない。

コチュンは背伸《せの》びをするのを諦めた。

オリガの姿が見えなくなって、気がついた。コチュンが支えなくても、オリガはこの場所で立派に使命を果たし、目的を達成することができたのだ。その結果、トゥルムや、ニジェナ姫、エルス殿下が彼の傍にいてくれる。仲間を得たオリガは、これから彼なりの方法で、バンサとユープーを繋ぐ架け橋を作っていけるに違いない。

それはとても素晴《すば》らしいことで、オリガにしかできないことだ。だけどそこに、ただの女の子が一緒に果たせる役目は、きっと存在しないだろう。

コチュンは、民衆の視線とは反対の方向へ歩き出した。次第《しだい》にオリガから離れるのを実感しながら、コチュンは笑顔で涙を拭《ぬぐ》った。これからは、別の方法で彼の語る理想に追いつけるように、自分も変わらなきゃならない。


介抱を受けていたエルスも、事態の急変を聞きつけて広場に戻ってきた。すると、絞首台に立っていたオリガがエルスに気づき、のぼってくるように合図を送った。

トゥルムとニジェナ姫が手を結び、民衆の歓声を受けていた。オリガがエルスを支えながら並んで立つ。それは、新しい時代が始まり、平和が訪《おとず》れることを意味していた。

歴史的瞬間を目にした観衆は、一斉に歓声をあげた。しかし、ニジェナ姫は、民衆から見えない位置で、トゥルムとオリガを睨むと、コチュンからの手紙を見せた。

「二人とも覚えておきなさい。今この瞬間の光景は、あなたたちだけで成し遂げたわけじゃないのよ。あなたたちよりも小さい、ただの女の子がどれだけ貢献《こうけん》したのか、その胸に刻んでおきなさい」

ニジェナの鋭《するど》い指摘《してき》に、オリガもトゥルムも背筋を伸ばして頷いた。

オリガは、コチュンを探すために民衆のなかへ目を向けた。だが、コチュンの姿が、どこにも見当たらない。あちこち目を配っても、微笑みかけてくれる女の子はいなかった。

それ以来、オリガとコチュンが、再び顔を合わせることはなかったのだ。

最終章 ◈ 波乱の終わりに ◈

あの激動の公開処刑《しょけい》から、数年が経《た》った。

トゥルムは偽装結婚《ぎそうけっこん》を仕組んだ責任を取り、皇帝《こうてい》の座を弟のエルスに譲《ゆず》った。今は、新たに即位《そくい》したエルス皇帝の腹心の部下として、平和で寛容《かんよう》な国作りに奔走《ほんそう》しているらしい。

一方、ユープー国に戻《もど》ったオリガも、ユープー王族の地位を返上した。しかし、バンサ国との外交には関わり続け、以前よりも公正な友好同盟を結ぶことに貢献《こうけん》していた。

その間、オリガはバンサ国にいる大切な人のことを、忘れたことはない。でも、オリガは自分の使命を成《な》し遂《と》げるまでは、私情を挟《はさ》まないと決意していた。

そうしている間に、両国の同盟は揺るぎないものとなり、オリガはようやく公務を離《はな》れた。ユープー国の郊外《こうがい》に土地を買い、王宮から離れた暮らしを始めたのだ。


黄昏時《たそがれどき》の港町に、春の風が吹《ふ》いていた。潮の香りが、石垣《いしがき》の街を流れていく。オリガは、風に吹かれた金髪《きんぱつ》をかきあげ、紙の上に筆を走らせた。

「オリガ先生、放牧していた牛たちを牛舎に戻しました」

オリガのもとへ元気よく少年少女たちがやってきた。オリガは散らかり放題の机から頭をあげると、彼らに微笑《ほほえ》み返した。

「ありがとう、みんな遅《おそ》くまでご苦労さん」

「いよいよ開校するんですね、オリガ先生の作った学校が」

少年たちは、目を輝《かがや》かせながらオリガに言った。その姿が、いつかの自分と重なり、オリガはくすぐったそうに微笑んだ。

「おれが作ったわけじゃない。この学校は、同盟国の後押しがあったから建てることができたんだ。おれは、雇《やと》われ校長みたいなもんさ」

オリガは部屋の窓から、夕暮れに染まる景色を見た。黄金色《こがねいろ》に輝く海を背に、真新しい校舎の輪郭《りんかく》が浮《う》かびあがっている。この学校は、オリガが数年かけて建てた教育機関だ。さまざまな国から教師と生徒を集め、畜産《ちくさん》や医療《いりょう》、語学について学んでもらう。

学生は、違《ちが》う国の学生たちとともに学び、獲得《かくとく》した知識をそれぞれの国に持ち帰るだろう。そうすれば、ここで得た経験が彼らの国でも広がり、違う国の人間も、同じ心をもつ人間だと知ってもらえる。交流し、考えを深め、友情を結べるとわかってもらえるのだ。

「平和ってのは、お互《たが》いの歩み寄りと、時間をかけてわかり合うことから始まるものだ」

オリガは、この信条を語るとき、いつもバンサ国にいる大切な人のことを思い出す。彼女のおかげで、自分のするべきことを見つけられた。しかし彼女は、オリガのことなど、忘れているのかもしれない。そう思うと、オリガは、うっすらと寂《さび》しさを覚えるのだった。

「さて、時間が遅くなってしまったね、暗くなる前に家に帰りなさい」

オリガは沈《しず》みかけた夕日を見て、慌《あわ》てて少年少女たちを家に帰そうとした。すると、一人の少女が、思い出したように声をあげた。

「待ってください、わたし、オリガ先生宛《あて》のお使いを頼《たの》まれていたんです」

オリガは少女から手紙を受け取ると、その場で封《ふう》を切った。中身は、バンサ国のトゥルムからで、学校に赴任《ふにん》する教師についての推薦状《すいせんじょう》だった。しかし、そこには教師になる人物の名前は記されていない。ただ、「トゥルムが保証する」としか書かれていなかった。

オリガが眉《まゆ》をひそめると、少女が遠慮《えんりょ》がちに告げた。

「あのう、実はそれ、学校にいらしたバンサ人の女性から受け取ったんです」

「なんだって、じゃあその人が、新しい教師だ」

オリガは椅子《いす》に投げっぱなしの羽織《はおり》に袖《そで》を通し、ボサボサの金髪を簡単にまとめて部屋を飛び出した。開校直前の学校では、こうした新規の教師への面接が、しょっちゅう行われている。オリガは休む暇《ひま》もなく、その業務に追われているのだ。

オリガは、応接室に駆《か》け込んだ。

「お待たせして申し訳ない。この学校の校長のオリガです」

「……オリガ？」

椅子から立ちあがったその人は、オリガを見るなり嬉《うれ》しそうに微笑んだ。オリガは、息が止まりそうなほど驚《おどろ》いた。髪《かみ》を二つのお団子髪《がみ》にまとめ、化粧《けしょう》の下に、うっすらと傷痕が浮かぶその人は……。

「……コチュン？」

大人の女性になったコチュンが、オリガを見つめていた。美しい微笑みには、かつての新米女中の幼さなどはない。オリガは声を震《ふる》わせた。

「どっ、どうしてコチュンが、ユープー国にいるんだ。いや、それより、何年ぶりだ。いったいどうして、おれは夢でも見てるのか」

「ちょっと落ち着いてよ、オリガ。トゥルム様からの手紙に書いてあるでしょ、わたし、あなたの学校の教師になるために、ユープー国に来たの」

オリガはトゥルムからの手紙を読み返した。だが、何度目を走らせても、「トゥルムが保証する」としか書いていない。

「さてはあいつ、わざとやったな……」

オリガは思わず手紙を握《にぎ》りつぶした。すると、コチュンがおかしそうに笑い出した。

「久しぶりに会うから、オリガがすごく変わってたらどうしようって、不安だったの。でも、全然変わってないみたいで、安心した」

「そうか？　姉上や兄上には、すっかり学者の風貌《ふうぼう》だって言われてるけど……」

オリガは鏡で自分の身なりを見た。ユープー国の王弟でも、バンサ国の嘘《うそ》つき皇后でもない自分は、くたびれた羽織に汚《よご》れた下駄《げた》をはき、自慢《じまん》の美貌《びぼう》からは、ずいぶん遠ざかっている気がする。それでも、コチュンは嬉しそうに微笑んだ。

「相変わらず、かっこいいよ」

「そ、そうか……ありがとう」

オリガは照れくさくなって目線を逸《そ》らした。すると、コチュンが切り出した。

「それで、わたしはこの国で働けるのかな……服飾《ふくしょく》の教師として」

「コチュンの腕《うで》なら大歓迎《だいかんげい》だ、きっと学生たちも喜ぶよ。……けど、異国の地で生きるってことは、それなりに大変だぞ。帰りたくてもすぐには帰れない。知り合いもいないし、言葉が通じないときだってある。その覚悟《かくご》が本当にあるのか？」

オリガは神妙《しんみょう》な顔で問いかけた。だが、コチュンは何でもないことのように答えた。

「ヒン叔母《おば》さんの生活は、国の支援《しえん》のおかげで何一つ不自由してないの。おばさんも、わたしが裁縫《さいほう》で身を立ててくれるほうが嬉しいって言ってくれた。もしユープーで教師になれないなら、バンサに帰って自分のお店を開くつもりよ」

「まだ採用しないとは言ってない」

コチュンの言葉に、オリガが慌てて答えた。するとコチュンは、嬉しそうに告げた。

「わたしも、オリガみたいに平和の架《か》け橋《はし》になりたいと思ったの。そのために、バンサ国で修業《しゅぎょう》を重ねてきた。今では、バンサ国でちょっとは名の知れた職人なのよ」

コチュンが胸を張ると、オリガは一瞬《いっしゅん》だけ驚き、すぐに笑顔《えがお》を浮かべた。

「そうか……コチュンも、夢を叶《かな》えようとしてきたんだな」

オリガは、自信に満《み》ちあふれたコチュンに、改めて魅力《みりょく》を感じていた。しかしその一方で、嘘でもいいから、自分に会いに来たと言ってほしかったと、不満も感じていた。

もしかしたら、互いに自分の使命に向かう時間が長すぎて、好きとか愛しているみたいな感情は、すっかりなくなってしまったのかもしれない。オリガは、そんな悩《なや》みを打ち明けるのも恥《は》ずかしくなり、さっさと話題を進めようとした。

「コチュン、君はうちの学校の教師としてぴったりだ。ぜひ、若者たちを指導してほしい」

すると、コチュンは嬉しそうに顔を綻《ほころ》ばせ、オリガに抱《だ》きついてきた。

「コッ、コチュン⁉」

オリガが驚いて悲鳴を大声を出すと、コチュンは深く息を吸い込んで告白した。

「よかった、また帰れって言われたらどうしようって、本当に怖《こわ》かったの」

コチュンが顔をあげると、その目には涙《なみだ》がいっぱいたまっていた。オリガは思わず笑い、その涙を拭《ふ》き取った。

「帰れなんて言うはずないだろ」

オリガは、飛び込んできてくれたコチュンを、遠慮なく抱きしめた。最後に彼女に触《ふ》れたのは、冷たい鉄格子《てつごうし》を挟んだ牢屋《ろうや》の中だった。何も遮《さえぎ》るものがない今、オリガは喜びを噛《か》みしめるように、コチュンを抱きしめる腕に力を入れた。

「ずっと、ずっと会いたかったんだ」

「あ、ちょっと待って、オリガ」

ところが、コチュンはオリガの抱擁《ほうよう》をはねのけ、部屋を出てしまった。置いてけぼりを食らったオリガは、大きな針がグサリと胸に刺《さ》さったように消沈《しょうちん》した。すると、戻ってきたコチュンは、恥ずかしそうにオリガに告げた。

「これを、オリガに渡《わた》したくて……」

コチュンの両手には、見事な布細工の髪飾りがのっていた。色とりどりの布で作られた造花が、咲《さ》き乱《みだ》れるかのように広がっている。オリガは驚いてコチュンを見た。

「もしかして、コチュンが作ったのか？」

オリガは、コチュンが頬《ほお》を染めている理由に気がついて、思わず息を詰まらせた。相手に髪飾《かみかざ》りを贈るのは、バンサ国の伝統的な婚姻《こんいん》の儀式《ぎしき》。

髪飾りを受け取ったオリガは、泣きそうになりながら微笑んだ。

「おれの髪は花挿しかよ」

「似合うからいいじゃない。それで、返事は？」

コチュンは挑《いど》むように微笑んだ。オリガは、髪飾りを自分の金髪に挿すと、コチュンの小さな頬に唇《くちびる》を寄せた。くすぐったい感触《かんしょく》に、コチュンは笑った。

「まさか、感謝の仕来《しきた》りの口づけ？」

「そうだよ」

オリガがさらっと答えた途端《とたん》、コチュンは目を剝《む》いた。

「それ本気で言ってる？」

「いいや、嘘だよ」

オリガはコチュンを抱きしめ直し、もう一度唇を寄せた。今度は、嘘も誤魔化《ごまか》しもない、本物の愛の証《あかし》だった。

ユープー国の夜は更《ふ》けていく。だが、二つの未来は夜明けを迎《むか》えた。

コチュンとオリガは手を取り合って、まだ見ぬ平和を作っていくのだから。

おわり

あとがき

こんにちは、この本の作者・淡《あわい》湊世花《そよか》です。

本作は、第三回ビーズログ小説大賞で「優秀賞《ゆうしゅうしょう》」をいただいた作品に、改稿《かいこう》に改稿を重ね、担当さん曰《いわ》く「ほとんど書き直しじゃないですかw」と、言われたものになっております。読んでくださったみなさんに、面白《おもしろ》いと感じてもらえたら、幸いです。

さて、なぜこの物語が編集部のみなさんの目に留まったかというと、主人公のコチュンが、お姫《ひめ》様でもなければ聖女様でもない、「普通《ふつう》の女の子」であることが、斬新《ざんしん》で面白いと感じられたからだと教えてもらいました。

実はわたしも、この物語を書き始めるときに、「主人公は等身大の女の子にしよう」と決めて、お話作りをスタートしました。だからコチュンは、仕事は頑張《がんば》るけど嫌《いや》なことがあったら友達に愚痴《ぐち》をこぼすし、難しい課題では助けを求めるし、自分の好《す》き嫌《きら》いも主張します。大切な人が困っていたら、身体《からだ》を張って守ることしかできません。

コチュンが持っているスキルは、努力と優《やさ》しさと、あとは勇気だけです。それらをフル活用して、惚《ほ》れた男を手助けし、身近な人たちに働きかけ、自分の力で夢を実現させました。

これだけ書くと、どこの女傑《じょけつ》かな、と思いますよね。

でも、コチュンのスキルというのは、現実に生きているわたしたちも持てる力です。王子様と恋《こい》に落ちるのは難しいかもしれませんが、主人公のように、誰《だれ》もがハッピーエンドを目指せたらいいのにと望まずにはいられません。

本作が、そうしたきっかけの一つになれたら、嬉《うれ》しいです。

最後になりましたが、物語をゴールさせるまで、二人三脚《ににんさんきゃく》で走ってくれた担当さん、沢山《たくさん》の知恵《ちえ》を分けてくださった編集部のみなさん、校正部のみなさん、そして、素晴《すば》らしいイラストを描いてくださった、りゆま加奈《かな》さん、一緒《いっしょ》に本作に携《たずさ》わることが出来て、こんなに光栄なことはありません。ありがとうございました。

そして、物語を読んでくださった、読者のみなさん、最後までお付き合いくださり、ほんとうにありがとうございます。またどこかで、お目にかかれる日を願っています。

淡　湊世花

■ご意見、ご感想をお寄せください。
《ファンレターの宛先》
〒102-8177 東京都千代田区富士見2-13-3
株式会社KADOKAWA ビーズログ文庫編集部
淡 湊世花 先生・りゆま加奈 先生

ビーズログ文庫

●お問い合わせ
https://www.kadokawa.co.jp/（「お問い合わせ」へお進みください）
※内容によっては、お答えできない場合があります。
※サポートは日本国内のみとさせていただきます。
※Japanese text only

嘘《うそ》つき皇后様《こうごうさま》は波乱《はらん》の始《はじ》まり

淡《あわい》 湊世花《そよか》

2021年10月15日 初版発行

発行者 青柳昌行
発行 株式会社 KADOKAWA
〒102-8177 東京都千代田区富士見 2-13-3
（ナビダイヤル）0570-002-301
デザイン Catany design
印刷所 凸版印刷株式会社
製本所 凸版印刷株式会社

ISBN978-4-04-736806-4 C0193

定価はカバーに表示してあります。
◇◇◇

ビーズログ文庫
今宵、ロレンツィ家で甘美なる忠誠を
恋のはじまりは銃声から
孤独な少女と美しきマフィアの危険な初恋！
深見《ふかみ》アキ
イラスト／冬臣《ふゆおみ》
黄金瞳（オーロ）を持つ少女リタはその希少さゆえ人買いに捕まってしまう。そんなリタを競り落としたのはマフィアのボス、アルバート。「きみの人生は僕が買った」──危険なマフィアに迎えられたリタの運命は!?